Während ein Zug durch das von Unwetter überschwemmte Rhonetal saust, denkt sich eine reisende Schriftstellerin Geschichten über ihre Mitreisenden aus. Nur machen sich die ausgedachten Personen bald selbständig und gehen eigene Wege. Wechseln ins Leben und wieder zurück in ihre Geschichte. Ein vergnügtes literarisches Spiel, in dem Fiktion und Realität kräftig durcheinandergewirbelt werden.

»Die Verknüpfungen, der Wechsel der Erzählebenen, die Erfindungen von Geschichten und Figuren – das alles liest sich so locker, daß es zu einem reinen Vergnügen wird.«

Berliner Illustrierte Zeitung

Birgit Vanderbeke, geboren 1956 in Dahme/Mark, lebt im Süden Frankreichs. Sie wurde 1990 für die Erzählung ›Das Muschelessen‹ (Bd. 13783) mit dem Ingeborg-Bachmann-Preis ausgezeichnet. 1999 erhielt sie den Solothurner Literaturpreis für ihr erzählerisches Gesamtwerk, 2002 wurde ihr der Hans-Fallada-Preis verliehen. Sie veröffentlichte weiterhin: ›Fehlende Teile‹ (1992, Bd. 13784), ›Gut genug‹ (1994, Bd. 13785), ›Friedliche Zeiten‹ (1996, Bd. 13786) ›Alberta empfängt einen Liebhaber‹ (1997, Bd. 14198), ›Ich sehe was, was du nicht siehst‹ (1999, Bd. 15001) und ›abgehängt‹ (2001, Bd. 15622). Informationen zum Werk und kurze Prosatexte bietet der Materialienband ›Ich hatte ein bißchen Kraft drüber‹ (2001, Bd. 14037). Zuletzt erschien ›Gebrauchsanweisung für Südfrankreich‹.

Unsere Adresse im Internet: www.fischer-tb.de

Birgit Vanderbeke

Ich will meinen Mord

Fischer Taschenbuch Verlag

Die Autorin dankt dem Deutschen Literaturfonds e.V.
für die freundliche Unterstützung

Veröffentlicht im Fischer Taschenbuch Verlag,
einem Unternehmen der S. Fischer Verlag GmbH,
Frankfurt am Main, November 2002

Gesamtherstellung: Clausen & Bosse, Leck
Printed in Germany
ISBN 3-596-15925-3

Ich will meinen Mord

Il faut se méfier de celui qui veut mettre de l'ordre.

Diderot

Ich bringe ihn um.

Das ist es, was ich tun werde.

Von vornherein.

Gleich auf der ersten Seite.

Ohne ihn zu kennen; bevor ich ihn kennenlerne.

Lieber ein sauberer Mord als ihn kennenlernen. Anonym sozusagen, das erleichtert die Tat. Ich gebe zu, daß mir nicht wohl ist. Mein erster Mord darf mir eine Beunruhigung sein, niemandem, denke ich, geht so ein erster Mord leicht von der Hand.

Die Notwendigkeit der Tat wird dadurch nicht in Frage gestellt. Ein Blick auf Viszman hat genügt, um zu wissen: er oder ich. Also ich.

Bleibt für den Anfang die Frage der Waffen.

Wählen Sie, Viszman.

Viszman weiß nicht, daß er Viszman heißt, und ich weiß nicht, ob er Viszman heißt. Ich will es auch gar nicht wissen. Um keinen Preis will ich ihn kennenlernen. Viszman sitzt schräg gegenüber mit dem Rücken in Fahrtrichtung und sieht durch die Tür hinaus auf den Gang, während ich Fensterplatz sitze. Dazwischen zwei Schweizerinnen, die in etwa zwei Stunden umsteigen werden und weiterfahren nach Bern.

Ich könnte sie im Zug lassen bis Dijon und dann Anschluß nach Basel. Basel liegt auch in der Schweiz, und die Schweizerinnen in unserem Abteil sprechen schweizerdeutsch und löffeln Bananenjoghurt, während sie ihre heute morgen beinah verpaßte Abfahrt mitsamt dem reizenden Hotelgast erzählen, der sie mit seinem Auto zum Zug gebracht hat in allerletzter Sekunde, gerade noch knapp geschafft. Ihr Proviant reicht bis Genf, in ihrer gemeinsamen Reiseplastiktüte sehe ich noch zwei Mandarinen und zwei Äpfel zwischen Mandarinenschalen und leeren Yoghurtbechern, mehr kriegen sie nicht, zwei Dosen Wasser rollen ausgetrunken auf dem Boden des Abteils herum, und im Zug gibt es keinen Speisewagen, nicht einmal eine Minibar.

Verzeihen Sie. Steigen Sie in Lyon aus und fahren dann weiter nach Genf. Von Genf über Lausanne. In Lausanne haben Sie Anschluß nach Bern.

Ich will meinen Mord.

Ob Viszman Deutsch versteht, sehe ich ihm nicht an. Überhaupt sehe ich ihn möglichst nicht noch einmal an. Die Schweizerinnen sind mit ihrer Abfahrt heute früh beschäftigt, und ich rede sowieso nicht mit ihm, weil ich ihn kurz nach Lyon ermorden werde.

Ich stelle es mir schwerer vor, wenn ich zuvor mit ihm spreche oder ihm noch einmal in die Augen sehe.

Da er vermutlich nicht Viszman heißt – es gibt den Zufall, aber er gehört nicht in Bücher, er hat gefälligst im Leben zu bleiben –, antwortet er nicht auf mein: Wählen Sie, Viszman. Vielleicht hat er es auch nicht verstanden, ein Problem der Sprache, ein Problem der

Lautstärke sicherlich, weil ich vor den Schweizerinnen, die später als Zeuginnen aussagen könnten – die Ehrlichkeit der Schweizer besonders in Fragen der Wahrheitsfindung bei Mord ist bekannt –, nicht in Abteillautstärke fragen mochte.

Ich will sie nicht in die Sache verwickeln.

Noch könnte ich sie aussteigen lassen. Auf den ersten Seiten tun meine Leute, was ich ihnen sage. Wenn ich sie in eine Bar schicke und dort weißen Whisky trinken lasse, gehen sie widerstandslos hinein und trinken den weißen Whisky, anstatt Kaffee zu bestellen oder Bier oder Limonade. Sie fragen nicht einmal, warum ausgerechnet sie in ausgerechnet dieser Bar ausgerechnet weißen Whisky trinken müssen, alle anderen Gäste trinken Bier, der Kellner versteht nicht, was sie verlangen, weil es alle möglichen Sorten Whisky gibt, aber von weißem Whisky hat er noch nie gehört, meine Leute würden auch viel lieber Bier trinken, als sich erst mit dem Kellner und sodann mit dem Wirt über die Existenz weißen Whiskys zu unterhalten, die dieser bei aller Höflichkeit rundheraus wenn nicht abstreitet, so doch lebhaft bezweifelt. Auf den ersten Seiten bringe ich sogar den Wirt dazu, seine Frau sich an eine Flasche weißen Whisky erinnern zu lassen, die irgendwo endgelagert im Keller herumliegt, Geschenk eines Gastes nach einer Irlandreise, und schließlich sitzen sie brav in der Bar und trinken meinen überteuerten weißen Whisky, weil ich es will. Leider geht das nur auf den ersten Seiten. Nach und nach werden sie renitent.

Trink ich nicht, sagen sie. Mach ich nicht. Sag ich nicht. Mit der setze ich mich nicht an einen Tisch.

Weil ich mir schon denken kann, was die Schweizerinnen in ihrer sprichwörtlichen Ehrlichkeit vor Gericht sagen werden, immerhin keine beliebige Bagatelle, sondern der Mordprozeß Viszman, werde ich nichts, aber auch gar nichts in Abteillautstärke sagen, solange wir nicht in Lyon sind.

Wir sind noch nicht einmal in Valence.

Das Wetter zieht sich zusammen, rechts rauschen die letzten südlichen Felsen vorbei, Kirchtürme aus Eisen, Kirchtürme mit Warzen auf den Dächern, die letzten Madonnen schauen grünlich von den Felsen, das Gespräch der Schweizerinnen ist von dem hilfswilligen morgendlichen Hotelgast wieder in ihren Urlaub zurückgeglitten, eine erste Verwandlung des noch nicht ganz geschlossenen Wanderurlaubs in den Pyrenäen in eine geschlossene Urlaubsgeschichte wird geprobt, in der Pau und Heinrich der Vierte vorkommen, das Herbstlicht, unten die Wärme in den Tälern und oben bereits der Schnee, einige Bergseen sehr grün, Lourdes, ein Abstecher nach Bayonne, eine Urlaubsbekanntschaft, mit der Adressen getauscht worden sind, überflüssigerweise, wie sich später herausstellen wird. Steinpilze werden saisongerecht in den Bericht aufgenommen, Steinpilze à la crème, obwohl ihres Wissens die regional-aquitanische Küche sie mit Knoblauch und Petersilie vorschreibt, in Butter gebraten, diese nun à la crème, ein baskisches Huhn war ein Reinfall und wird fortan nicht mehr erwähnt.

Das alles will mir nicht recht gefallen. Ich will Viszman ermorden und keinen Reisebericht aus den Pyrenäen.

Ich finde: Schweizerinnen haben in den Alpen zu wandern. Um Bern herum gibt es die schönsten Alpen, eine schöne regionale Küche mit Steinpilzen und Käsefondue; und wenn sie durchaus von ihren Männern und Kindern einmal Urlaub brauchen, können sie den in vernünftiger Entfernung im eigenen Land finden, Lausanne beispielsweise, Evian, wenn es denn unbedingt französische Franken sein sollen, mit denen die Reise bezahlt wird, Evian und die dortigen Fischfritüren auf der herbstlich warmen Terrasse am See.

Ich will sie aus dem Zug haben, am liebsten noch vor Valence. Natürlich verstehe ich, daß ihnen einmal im Jahr die geliebten Familien zum Halse heraushängen, und dann werden zum Kinder- und Männerversorgen die Mütter gerufen, die eine reist aus Adliswil herbei, die andere aus Neuchâtel, all das klingt resolut und patent und praktisch, aber hier hat es nichts zu suchen.

Hier wird ein Mord vorbereitet.

Ich mußte noch mal von vorne anfangen.

Ich müßte in einem leeren Abteil anfangen, ohne die harmlosen Schweizerinnen, denen Toulouse überhaupt nicht gefallen hat, eine erstaunlich uninteressante Stadt, aber natürlich kennen sie nur den Bahnhof.

Also von vorne. Einsteigen. Ich mit Reservierung, Fensterplatz Raucher ab Montpellier. Compartiment 23, Place 96. Viszman steigt in Avignon ein. Ob hier frei sei. Er sagt, c'est libre? Ein leiser Akzent in der Stimme. Offenbar hat er nicht reserviert.

Die Schweizerinnen machen Urlaub am Matterhorn, um sich von ihren Familien einmal im Jahr zu erholen. Ich habe ihnen das Wandern ausgeredet und das Skifahren nahegelegt und ihnen abends ausreichende Mengen Grog genehmigt, plus pro Person einen Flirt, wobei der Flirt der Blonden ins Gefährliche rutscht, zumal der betreffende Herr in Konstanz lebt und aus beruflichen Gründen häufig die Schweiz bereist; daß er Pharmavertreter ist, sagt er nicht, sondern macht dunkle Andeutungen, die in Richtung Waffenexporte gehen. Ich habe der Blonden eingeschärft, daß man in ihrem Alter als Hausfrau von solchen Sachen besser die Finger läßt, insbesondere als patente Familienmutter in glücklicher Ehe und vor allem: ausgestattet mit dieser notorischen Schweizer Ehrlichkeit, die mir ein Dorn im Auge ist, sosehr gerade diese Ehrlichkeit bislang zum Gelingen einer Ehe, zum Frieden eines berner Familienlebens beigetragen haben mag, das nun allerdings durch einen konstanzer Flirt am Matterhorn ein wenig ins Schwindeln und durcheinandergeraten wird; aber schließlich kann jedes Familienleben von Zeit zu Zeit ein Durcheinandergeraten vertragen; der Mann der Blonden zum Beispiel, ein Südtiroler, fährt keineswegs, das ahnt sie bloß, während ich es mit Sicherheit weiß, allein aus beruflichen Gründen seit ein paar Monaten dauernd nach Yverdon, das heißt, natürlich ist er dort mit Restaurationsarbeiten an der romanischen Kirche befaßt, natürlich gehört zu diesen Restaurationsarbeiten, daß er die Orgelkonzerte in einem so wunderbaren Gebäude mit einer so wunderbaren Akustik nicht versäumt, die Blonde selbst hat ein Orgelkonzert aus dieser Kirche in Radio Suisse Romande gehört, Sonntag vormittags in der Küche, nicht wissend, daß der Organist eine Organistin ist mit Freizeitinteresse an romanischen Restaurationsarbeiten eines südtiroler Restaurators samt dessen Geburtsstadt Bozen, eine schöne Stadt, Bozen, gelegentliche gemeinsame Reisen nach Bozen werden als Elternbesuche getarnt.

In Wirklichkeit macht sich nur die Organistin etwas aus Orgelmusik. Buxtehude besonders.

Weg mit den Schweizerinnen ans Matterhorn.

Wenn ich Viszman gleich auf der ersten Seite ermorden will, muß es noch vor Lyon sein. Irgendwo zwischen Avignon und Valence, links die über die Ufer gelaufene Rhône, in Pont-Saint-Esprit ist die Brücke gesperrt, der Autoverkehr wird über Orange umgeleitet, wegen des Hochwassers habe ich schließlich den Zug genommen; Qualm auf der anderen Seite des Flusses, bunt bemalte Electricité de France, da ungefähr muß es passieren, spätestens zwischen Pierrelatte und Montélimar.

Und vor allem: gleich auf der ersten Seite. Ohne ihn kennengelernt zu haben, ohne ihn noch mal anzusehen, ohne mit ihm zu sprechen.

Also: ich im Compartiment 23, Place 96 seit Montpellier. Zeitung gelesen, in Marie Claire geblättert. Avignon. Der Zug hat drei Minuten Aufenthalt. Auf dem gegenüberliegenden Gleis laufen Mäuse. C'est libre. Viszman hat seinen Mantel ausgezogen. Die drei Minuten sind um.

Den Schweizerinnen weit weg am Matterhorn habe ich zur Belohnung ihren Urlaub um eine Woche verlängert; sie müßten gerade bei sonnigstem Wetter im Skilift hängen, wenn sie nicht wieder die Nacht durchgemacht haben, in dem Falle wären sie meiner Berechnung nach jetzt beim Frühstücksbuffet und müßten das vollendete Vollkornmüsli mit Weintrauben, Ananas, Nüssen und dicker Sahne loben, während sie unauffällig nach einem konstanzer Waffenhändler und einem einheimischen Skilehrer Ausschau halten, der versprochen hatte, kurz vor dem Kurs zum Kaffee herüberzukommen und sie dann zum Lift zu begleiten, wo die andern Kursteilnehmer schon warten und demnächst in ihren bunten, kniehohen Skistiefeln kalte Füße haben und rote Nasen trotz blauesten Gletscherhimmels, weil ein Skilehrer sich mit einer Brünetten beim Morgenkaffee verplaudert. Was der Skilehrer an unserer grundbiederen Brünetten aus Bern findet, die zudem mit dem Müsli vorsichtig sein sollte wegen der dicken Sahne – der Süßstoff im Kaffee ist die reine Augenwischerei, wenn sie sich jetzt noch einen zweiten Müsliteller genehmigt –, was also der Skilehrer an ihr findet, ist unergründlich und sein Geheimnis.

Trois minutes d'arrêt. Der Zug fährt zehn nach zehn weiter. Die drei Minuten sind um. Wieso fahren wir nicht? Auf dem Nachbargleis rauscht ein Zug durch. Hoffentlich haben die Mäuse ihn beizeiten gehört und sich in Sicherheit bringen können. Zehn Uhr elf. Der Zug fährt aus der Halle, die Stadtmauer leuchtet sandfarben in der Herbstsonne, das Wetter wird sich erst in Valence zusammenziehen, die Platanen glänzen, die Abteiltür geht auf. Rot im Gesicht, fast prustend, gerade noch knapp geschafft; wenn ihnen der Schaffner nicht liebenswürdigerweise die vorletzte Tür aufgehalten, beim Einsteigen Mesdames, allez vite, allez hopp, gesagt hätte mit der Ironie, mit der Schaffner abgehetzte, ungeschickt ihre Koffer hievende rotgesichtige Touristinnen extra galant behandeln, hätten zwei Schweizerinnen in sportlichen Wanderjacken trotz eines freundlichen Hotelgastes den Zug verpaßt.

Nichts zu machen. Sie sind drin. Sie haben sogar reserviert.

Ich werde Viszman kurz nach Lyon ermorden. Jedenfalls vor Mâcon.

Völlig unklar ist, warum meine Schweizerinnen nach ihrem Wanderurlaub in Avignon zusteigen, es würde mich wundern, wenn sie von Toulouse nicht direkt hätten fahren können, zudem waren sie erst im vorletzten Sommer in Avignon, und von daher ist ihnen die Stadt noch in unangenehmster Erinnerung: zwei befreundete Schweizerfamilien mit zusammen fünf Kindern, die mißmutig den heißen Boulevard entlanglatschen und maulen und nicht einsehen, warum man heute nicht am Meer bleibt, sondern bei dieser Scheißhitze in diese Scheißstadt fährt mit diesem Scheißpapstbau, und nicht einmal ein Segeljachthafen, die Stadt ist wegen des Sommertheaters überfüllt und glüht schon um kurz nach halb elf, vor den Restaurants stehen Kellner und flüstern vielsprachig ihr Menü, jedes Haus ein Bordell, das Kellnerflüstern klingt nach Nötigung, wenn nicht sogar richtig gefährlich; also Avignon hat ihnen nicht gefallen im vorletzten Sommer, ein rundherum scheußlicher Tag, und dann ist dem Mann der Brünetten natürlich die Brieftasche aus der Hose geklaut worden, hinten raus aus der hinteren Tasche, wo er sie aus Gewohnheit hineinsteckt, obwohl seine Frau immer sagt, daß er die Brieftasche im Süden nicht offen in der Hose tragen soll, Ausweise, Führerschein, Scheckkarten, aber er ist absolut nicht bereit, eine diebstahlsichere Tasche um den Bauch zu tragen aus purer, überflüssiger männlicher Eitelkeit; sodann die gelangweilte Unfreundlichkeit auf der Gendarmerie, eine unfreundliche Stadt, Avignon, eine infolge des Diebstahls gespannte Stimmung, obwohl man die Kinder schließlich besänftigen konnte, bestechen nämlich: ein Karussell auf dem Platz und ein McDonald's auf dem Boulevard... Beide finden, daß Avignon jedenfalls keine Stadt ist zum Wiederkommen, eine feindliche Stadt. Mir ist unklar, was sie dort gesucht haben.

Es gehört im übrigen nicht hierher.

Ich könnte sie überreden, in Valence auszusteigen. Sie würden es möglicherweise tun, weil meine Leute am Anfang tun, was ich ihnen sage, aber es wäre unfair von mir, weil es in Valence keinen Anschluß nach Genf gibt. In Bern sitzen fünf Kinder und warten auf ihre erholten Mütter. Hinzu kommt: die Hilfswilligkeit des Hotelgastes heute morgen wäre überflüssig gewesen, und überflüssige Dinge geschehen nur im Leben, während in Büchern jede überflüssige Einzelheit sofort alles verdirbt und strengstens zu meiden ist. Der Hotelgast bleibt uns erhalten, umgestiegen wird in Lyon.

Kurz vor Valence kommt der Schaffner, der vorher Mesdames, allez vite, allez hopp gesagt und mir die Damen eingebrockt hat mit seiner Galanterie, er wird dafür mit erheblichem Übergewicht und einer freundlichen Glatze ausgestattet.

Viszmans Fahrschein ist blau, woraus nicht unbedingt zu schließen ist, daß Viszman Franzose ist, mein Fahrschein ist auch blau, sogar die Fahrscheine der Schweizerinnen sind zu meinem Erstaunen blau, blaue Fahrscheine sagen über die Staatsangehörigkeit nichts aus. Der Schaffner knipst Viszmans Karte und sagt: Ihr Anschlußzug steht auf dem Gleis gegenüber, und Viszman sagt, danke, ich weiß. Ich nehme an, daß er nach Dijon will, vielleicht auch weiter bis Metz, von Metz nach Thionville vermutlich, aber es interessiert mich nicht, wohin er will, vor Mâcon wird er sterben.

Natürlich will er nach Thionville.

Er steckt den Fahrschein ins Jackett, in die Außentasche, und sieht dann hoch. Unwillkürlich sehe ich auch hoch, obwohl ich unter keinen Umständen noch einen Blick mit ihm tauschen wollte, es ist ein Reflex auf seine Kopfbewegung. Er dreht den Blick, ohne einen Umweg über meine Beine zu machen, langsam weg. Der Schaffner knipst bei den Damen weiter, sie haben eine knappe halbe Stunde Aufenthalt in Lyon, wenigstens das geht nach Plan: dafür soll er eine schöne Korsin als Ehefrau haben, der Schaffner, eine, die von morgen an unauffällig Diät kocht, aber so gut, daß er nichts davon merkt. Er hat seine Chance. Zu mir sagt er, umsteigen Metz. Ich sage, ich weiß. Mesdames, sagt er, gute Reise, als ob er Viszman nicht gesehen hätte, was mich natürlich freut, obwohl es vor Gericht nicht verwendbar sein wird; es wird eine Leiche geben und diese vertrackten Schweizerinnen, die sich an Viszman und womöglich an meine tonlose Aufforderung an Viszman, sich seine Todesart auszusuchen, erinnern und in ihrer Ehrlichkeit bezeugen werden, diesen Satz gehört zu haben. Wählen Sie, Viszman.

Wie töte ich ihn? Ich sollte mir darüber langsam Gedanken machen, anstatt den Schweizerinnen zuzuhören bei der Rekonstruktion eines Kuttelgerichts, das ins Fotoalbum aufgenommen werden wird, weil es Gras double heißt; über die Karotten und den Speck sind sie sich einig, weil sie sie identifiziert haben, ein Kalbsfuß wird von der Brünetten irgendwo im Kochvorgang vermutet, da das Gericht geliert, wogegen die Blonde von ihren Schwiegereltern ein Kuttelrezept ohne Kalbsfuß erhalten hat, als sie mit ihrem Mann noch gemeinsam nach Südtirol fuhr, und weder kann sie sich Kalbsfuß in Kutteln denken noch den wirklichen Grund, warum ihr Mann immer noch regelmäßig nach Bozen fährt, aber ohne sie mitzunehmen. Besonders den Kindern fehlen die bozener Großeltern sehr.

Der Blick wird mich nicht aus der Fassung bringen.

Das Wetter hat sich zugezogen, die Rhône dampft, eine Schweizerin hebt endlich die rollenden Blechdosen auf, die unangenehm gescheppert haben, ab heute abend wird sie wieder Kinderspielzeug aufheben, hingeworfene schmutzige Sachen, Fünf-Freunde-Kassetten. Eine Woche, und die Ferien sind vergessen.

Die Augen waren ungefähr grau oder graugrün oder graublau. Nichtssagend natürlich. Dahinter: Viszman. Eine Krankenkassennummer, eine Steuernummer beim Finanzamt, ein Familienstand: verheiratet ledig geschieden. Beruf: keine Ahnung. Ich werde mir keinen Beruf ausdenken für Viszman. Im Grunde ist schon der Name zuviel. Etwas um die Augen herum, nicht der Blick, nur die Augenumgebung, deutet ein Leben an, eine unregelmäßige, eckige Sache mit Rissen und Sprüngen darin, meinetwegen darf er Trotzkist gewesen sein, als er jung war. Heute jedenfalls hat er einen dunkelgrünen Mantel. Das um die Augen herum, sozusagen das Leben, das Leben als Rätsel, nämlich ein Viszman-Rätsel, damit macht er weich, wen er will.

Die Schweizerinnen blättern in ihrer Marie Claire und werden gleich mit den Frisuren anfangen, eine blonde Dauerwelle ist erneuerungsbedürftig oder müßte am besten ganz herausgeschnitten werden, die Mischung aus Blond und Dauerwelle geht auch der tüchtigsten berner Friseuse mal schief, und die wöchentlichen Kurpackungen können daran nichts ändern, einmal frisch durchschneiden, das Ganze, während ein brauner Pagenkopf durch einen Schimmer Kastanie tatsächlich weniger bieder würde. Kastanie oder Mahagoni, wenn sie den Mut dazu findet. Ich beschließe, daß ihrem Skilehrer gleichgültig ist, ob Braun oder Mahagoni, dem Skilehrer geht es ausschließlich um Reife und Üppigkeit und nicht um Tönungsshampoo, während es dem Mann der Brünetten tatsächlich nur ums Geschäft geht, Obst- und Gemüsegroßhandel, Buchführung, Rechnungsprüfung, Ärger mit der Transportgesellschaft, Ärger mit der Transportgewerkschaft, die Ehe ist seit Jahren erloschen. Er sollte sich eine Känguruhtasche um den Bauch binden, anstatt sich beklauen zu lassen aus Eitelkeit. Der Obst- und Gemüsegroßhändler wird mit Sicherheit nichts bemerken, wenn der Pagenkopf umgefärbt wird, und der Pagenkopf wird auch nicht seinetwegen gefärbt. Man ist gleich ein neuer Mensch.

Viszman hat die Augen geschlossen und raucht. Ein Trick, den ich kenne. Sie schließen die Augen und rauchen männlich vor sich hin, damit man hinsieht, und wenn man hinsieht, haben sie einen: man wird weich. Eine bestimmte Müdigkeit kommt vom Leben, und es ist unklar, was einen weichmacht, die Müdigkeit oder das Leben, weil die Müdigkeit nach einer verständigen Frauenhand zu verlangen scheint, die sanft über die Männerstirn streicht, während das Leben diverses Know-how verheißt, Abgründe inbegriffen, daher aus Müdigkeit und gelebtem Leben regelmäßig der nichtssagende Blick, überhaupt das Nichtssagen, Nichtspreisgeben: nur eben Wortkargheit in entscheidenden Augenblicken, ein verheißendes Nichtssagen in den graublauen Augen, weil das Leben ein gelebtes Geheimnis ist, natürlich muß beides verschwiegen werden, das Leben selbst und das damit verbundene Geheimnis bringen jeden denkenden Menschen dazu, den Mund zu halten und nicht herauszutrompeten, was er darüber weiß. An der Müdigkeit um die Augen und an der Wortkargheit erkennt man, ob jemand denken kann, und natürlich kann Viszman denken, auch wenn er in seiner Jugend meinetwegen Trotzkist war, sehr viele denkende Menschen waren schließlich in ihrer Jugend Trotzkisten oder Maoisten oder sonstwelche Kommunisten, Stalinisten, es ist der reine Zufall, daß ich in meiner Jugend nicht Trotzkist oder Stalinist war.

Sterben muß er nicht etwa, weil er Trotzkist war.

Mich jedenfalls macht er nicht weich, ich warte bis Lyon, und dann ist er dran. Sein Geheimnis kann er mit ins Grab nehmen.

Ich könnte es mir leichtmachen. Ich brauchte nur hinzuschreiben: Kurz vor Maĉon habe ich Viszman getötet, während draußen Landschaft mit Weinernte vorüberflog, der lyoner Dauernebel wäre einem burgundischen Regen gewichen, ich hätte es hinter mir, und er wäre tot, die Frage der Waffen wäre zunächst gleichgültig, die Todesursache würde ich aus der Anklageschrift erfahren, die mein Verteidiger mir zuschickt.

Mein Verteidiger: Selbstverständlich wird er auf Notwehr plädieren. Er sieht es so: die Schweizerinnen sind in Lyon ausgestiegen und über Lausanne nach Bern weitergefahren, ab Lyon haben sich das spätere Opfer sowie die Angeklagte allein im Abteil befunden, bereits beim Verlassen des Bahnhofs Lyon Part Dieu hat das spätere Opfer plötzlich die Schiebetürgardine vor die Schiebegangtür gezogen. Die Angeklagte bittet um Wiederaufziehen der Schiebetürgardine, was das spätere Opfer verweigert, indem es darauf verweist, daß es durch die Gangtür angeblich ziehe, was indes die Angeklagte (Fensterplatz) nicht wahrgenommen haben will; aus Höflichkeit, so die Angeklagte, habe sie eingewilligt, mit blickdicht geschlossener Gangtür weiterzureisen. Ein Gespräch über die notorisch unter- oder überheizten Züge zwischen Montpellier und Metz sei zunächst reiseüblich verlaufen wie auch die wechselseitige Erkundigung nach den Reisezielen. Das spätere Opfer habe wahrheitswidrig behauptet: Thionville, wahrheitswidrig nämlich insofern, als die Fahrkarte erster Klasse, die man nach seinem Tod in der linken Jackentasche fand, über Dijon ausgestellt war nach Besançon und der diensthabende Schaffner bezeugen wird, daß auf seinen Hinweis, der Anschlußzug stünde auf dem Gleis gegenüber, das spätere Opfer geantwortet habe, danke, ich weiß. Die Tatsache, daß ein Passagier, der im Besitz einer Fahrkarte erster Klasse ist, in einem Abteil der zweiten

Klasse reist, in einem nach eigenem Bekunden zugigen und unterkühlten Abteil zweiter Klasse, macht ihn natürlich verdächtig und steigert somit die Glaubwürdigkeit meiner Aussagen, das ist meinem Verteidiger klar, weshalb er besonders auf den Schaffner im Zeugenstand hofft, der unglücklicherweise zum Zeitpunkt des Prozesses dann doch nicht persönlich aussagen kann, weil seine Frau wegen einer Zwölffingerdarmsache am Vortag mit Blaulicht ins Krankenhaus mußte; ein Attest sowie eine schriftliche Zeugenaussage werden dem Gericht zugestellt, was aber natürlich die Anwesenheit des Schaffners auch dann nicht ersetzt, wenn dieser inzwischen durch die bedenkliche Diät seiner korsischen Frau jede gutartige Leibesfülle verloren hat; allein seine freundliche Glatze würde im Gerichtssaal zu meinen Gunsten sprechen und den Eindruck von Ordnung und Sicherheit verbreiten, gegen die das Opfer abgründig verstoßen hat durch den Kauf einer Erste-Klasse-Fahrkarte nach Besançon anstelle einer nach Thionville in der zweiten Klasse.

Natürlich könnte ich es hinschreiben, und es wäre passiert: Kurz vor Mâcon habe ich Viszman getötet.

Nur wäre das einer so schwerwiegenden Angelegenheit wie einem Mord nicht angemessen, und außerdem könnte es vor Gericht gegen mich verwendet werden, selbst wenn ich die ganze Geschichte umschriebe, Viszman umbenenne in Minck, die Schweizerinnen zu Holländerinnen mache durch entsprechende geringfügige Veränderungen der Familien- und Urlaubsverhältnisse, den Zug von Budapest nach Berlin fahren lasse. Selbst dann bliebe die Aussage: Ich habe Minck kurz vor der Grenze getötet, und kein Gericht der Welt wird daran zweifeln, daß Minck nicht Minck, sondern Viszman ist.

Die Tatsache, daß dieser Satz dastünde und vor Gericht verlesen würde, wäre nun freilich an sich noch kein Einwand gegen meinen Verteidiger, der unbeirrbar auf Notwehr plädiert, aber die weitere Geschichte würde wenig Indizien für Notwehr bieten, es sei denn, ich schriebe solche Indizien zur Irreführung des Gerichts nachträglich noch hinein und womöglich dazwischen, was zwar strafbar wäre, aber technisch problemlos zu machen; jede Geschichte kann per Computer in kürzester Zeit neu montiert und sogar vollkommen umgeschrieben werden, keine Geschichte der Welt ist davor geschützt, zur Irreführung des Gerichts oder aus anderen Gründen per Computer beliebig umgeschrieben zu werden; die Welt ist vielleicht nichts als eine dauernd umgeschrieben werdende Weltgeschichte, eine einzige Weltumschreibungsgeschichte. Aber hieße das nicht, jegliches Schriftstellerethos preiszugeben und fahrenzulassen, dessen Sinn und Aufgabe einzig darin bestehen kann, die Geschichten vor ihrem Umgeschriebenwerden per Computer zu schützen und zu bewahren, auch wenn ich an dieser Stelle nicht umhin kann, mir selbst einzugestehen, daß eine Schriftstellerehre nicht sehr viel auszurichten vermag, solange ihr nicht eine gewisse schriftstellerische Gewalt zur Seite steht, eine Gewalt über das Personal der Geschichte, die hinausgehen müßte über die ersten Seiten und die dortige Aufforderung des Autors an vollkommen abstinenzwillige Leute, sich grundlos in weißen Whisky zu stürzen.

Ein unerfreuliches Gespräch über Schriftstellerehre und leider auch das Handwerk des Schreibens wird morgen abend mein Verleger mir nicht ersparen, und die Frage der Personenführung wird nicht der einzige wunde Punkt sein. Ich kann mir ungefähr denken, wie das Gespräch verläuft, weil verständlicherweise selbst seine Geduld irgendwann einmal endet, seine Geduld und die Gelder auch, die er bislang unverdrossen in mein sogenanntes Handwerk investiert hat, das indessen, wie er mir traurig nachweisen wird, ein Zuschußbetrieb ist seit Jahren, und wenn ich ihm übermorgen mit Schriftstellerehre und Schriftstelleraufgaben komme, wird er auf der Stelle diese Geduld verlieren und mir, nicht ohne betrübt zu sein über diese längst fällige Maßnahme, mein fehlendes Handwerk endgültig legen.

Die Aufgabe der brünetten, demnächst mahagonigetönten Schweizerin morgen früh, so viel weiß ich immerhin, während sie es noch nicht einmal ahnt, wird darin bestehen, mit ihrer Zweitjüngsten zum Zahnarzt zu gehen, weil die Großmutter wieder Sahnebonbons als Erziehungsmittel eingesetzt und der Kleinen somit im klassischen Verfahren eine Plombe gezogen hat. Sie weiß nur: daß es allerhöchste Zeit ist, nach Hause zu kommen, weil ihre Mutter schon seit vergangenem Freitag am Rande eines Nervenzusammenbruchs steht und ihre drei Enkel insgeheim für schwererziehbar erklärt hat. Der Wanderurlaub ist abgeschlossen und in eine Urlaubsgeschichte verwandelt, jetzt warten in Bern die Kinder und der Zahnarzt auf sie, was man von einem Obst- und Gemüsegroßhändler nicht sagen kann, der noch nicht weiß, daß ihm zwei Wochen lang sein Prokurist die Buchhaltung durcheinandergebracht hat; die Praktikantin aus der Auftragsabteilung, die zur Aushilfe in der Zentrale sitzt, hat die vielen blinkenden Knöpfe an der Telefonanlage von Anfang an nicht kapiert, den Ärger mit der Transportfirma, die dauernd nicht durchgekommen ist, wird seine Frau ausbaden, sobald sie wieder am Telefon sitzt; allerdings findet er, was die Schwiegermutter da jeden Tag auf den Tisch bringt, ist am Rande der Zumutbarkeit, mit den Kindern wird sie auch nicht fertig, und die Kleine hat völlig recht, wenn sie sich trotz der Sahnebonbons weigert, mit der durchgedrehten Omi zum Zahnarzt zu gehen, die hysterische Omi soll wieder nach Neuchâtel und dort den Opi mit ihren Kochkünsten quälen. Sorge macht ihm: er hat gelesen, Frauen schlagen im Alter nach ihren Müttern, und Hysterie kann er im Geschäft nicht brauchen.

Valence. Deux minutes d'arrêt. Daß mir nur keiner zusteigt. Viszman im graugrünen Hemd, mehr grau als grün, es steht ihm. Dazu das Jackett, die Unwiderstehlichkeit bestimmter Herrenjacketts als Ergebnis jahrelangen Kalküls und verschwiegener Lebenserfahrung; dieses grau und weich, aus Flanell. Viszman ist nicht attraktiv, das nun gar nicht, attraktive Männer gibt es im Fernsehen, sie machen Kraftsport und sonstige Werbung. Die beiläufige Bewegung, mit der Viszman die blaue Fahrkarte in die linke Jackettasche gesteckt hat vorhin, soll wie absichtslos sein, so häufig ausgeführt, daß sie mit der Zeit ins Unbewußte gerutscht ist, eine beiläufig reflexhafte Männlichkeit in grauem Jackett und mit Müdigkeit um die Augen, keine Uhr am linken Handgelenk, Viszman.

Krawatte: auch keine. Krawattenmord wäre vielleicht in Frage gekommen, da Viszman ersichtlich keinen Muskelsport treibt und kaum größer sein dürfte als ich. Krawattenmorde haben den Vorteil, daß sie geräuschlos durchzuführen sind, auch wenn mir, zugegebenermaßen, nicht wohl ist bei dem Gedanken an Viszmans Gesicht nach der Tat. Ein erster Mord darf beunruhigend sein, aber lieber ein sauberer Mord als am Ende noch weich werden. Aber doch lieber kein Mord mit blauem Viszman-Gesicht nachher, von dem blauen Gesicht müßte ich jahrelang träumen. Im übrigen ist die Geräuschlosigkeit gar nicht so wichtig, da mein Verteidiger auf Notwehr plädiert, und Notwehr muß nicht geräuschlos sein.

Bis Mâcon ist noch etwas Zeit.

Abfahren. Niemand mehr zusteigen. Jetzt niemand mehr zusteigen!

Es sind drei. Zwei Männer und eine Frau. Im Abteil sind vier Plätze frei. Sie fragen erst gar nicht. Ich sage, c'est occupé, aber sie protestieren und machen mich auf das Schild neben der Schiebetür aufmerksam. Drei Reservierungen plus Viszman plus meine Reisetasche neben mir auf dem Sitz. Die können Sie stehenlassen, sagt der eine Mann gehässig.

Meine Leute machen manchmal nicht, was ich will, diese sind aufsässig und renitent.

Ihnen ist natürlich nicht klar, was ich weiß: daß sie durch ihre bloße Anwesenheit einen erstklassigen Strafverteidiger daran zu hindern versuchen, sich in dem aufsehenerregenden Mordprozeß Viszman mit einer komplett aus der Luft gegriffenen Notwehrstrategie zu profilieren und eine versuchte Vergewaltigung nicht nur vor dem Gericht durchzusetzen, sondern auch gegen die Presse, die bei diesem Prozeß ein harter Brocken sein wird, indem sie geradeheraus politische Motive im Spiel wähnt, da es sich bei der Person des Ermordeten bekanntlich um einen Exkommunisten mit grenznaher Deckadresse in Thionville handelte, die Presse zieht eben dieses «Ex» mit guten Gründen in Zweifel, wofür sie Belege zitiert aus der jüngsten Geschichte sowie auf die Tatsache hinweist, daß Viszman zweiter Klasse fuhr, obwohl er einen Fahrschein der ersten Klasse in der linken Jackentasche hatte. Das «Ex» dementsprechend immer in Anführungszeichen. Mein Strafverteidiger soll endlich zeigen dürfen, was er kann, und seinen kleinen Fischen durch einen großen Prozeß entkommen, anstatt einmal die Woche an die Grenze fahren zu müssen und bei den dortigen Behörden die Abschiebungen seiner illegalen Mandanten, alles arme Schweine, sagt er, dann doch nicht verhindern zu können, weil man bei Abschiebebeamten nicht mit Notwehrstrategien glänzen kann, sondern nur mit Aufenthaltsgenehmigungen und Arbeitserlaubnissen, die mein Anwalt indessen für seine Untergrundmandanten nicht hat. Mein Strafverteidiger braucht seinen Mord.

Sobald die drei sitzen, bieten sie rundherum allen Kaugummis an. Nein danke für mich. Die Schweizerinnen können offenbar gleichzeitig rauchen und Kaugummi kauen, Viszman lehnt ab und geht auf den Gang rauchen. Schätzungsweise ist er vier Zentimeter größer als ich. Höchstens eins fünfundsiebzig.

Ich habe nie verstanden, was manche Frauen an Riesen finden.

Die Luft im Abteil ist schlecht, zudem zieht es, und die Heizung, die in Montpellier unnötig war, ist dem nassen Herbst um Lyon herum nicht mehr gewachsen. Ich wünschte, ich hätte das Auto genommen.

Mit Blick auf Viszmans Hinterkopf höre ich die Fortsetzung eines Gesprächs, das offenbar schon im Gange war, bevor sie hereinkamen. Drei Terminkalender sind gezückt worden, Ferien werden verglichen und abgestimmt, Nationalparks und Naturschutzgebiete müssen nach Plan inspiziert werden, Überraschungsbesuche dreier Inspektoren werden vorbereitet, Kaugummis in Aschenbecher geklebt, ich muß mir zusammenreimen, was ich nicht weiß, nämlich daß sich die Nationalparks und Naturschutzgebiete in inspektionsbedürftigem Zustand befinden, wer hätte das gedacht; die Besuche der Inspektoren, soviel ich verstehe, unangekündigt, da den Direktionen nicht Gelegenheit gegeben werden darf, kurzfristig an den Nationalparks herumzumanipulieren; sobald ein Inspektor seinen Besuch ankündigt, werden von seiten der Direktion die Nationalparks in Potemkinsche Dörfer verwandelt, daher stichprobenartige Überraschungsinspektionen im ganzen Land.

Die Frage ist sodann: Soll die Öffentlichkeit unterrichtet werden über den desolaten Zustand der Nationalparks, wie ihn die Überfälle der Inspektoren zutage fördern? Eine politische Frage selbstverständlich, ich bin für rückhaltlose Aufklärung einer Bevölkerung, die ja nicht Eintritt zahlt, um sodann in Potemkinschen Dörfern zu wandeln. Aber so einfach ist das nicht, wie ich höre: die Meinungen gehen auseinander, denn die Enthüllung des Zustands, gewisser Zustände in gewissen Nationalparks, muß einschränkend hinzugesetzt werden, könnte insbesondere einem Monsieur Barbagelata sehr gelegen kommen, der nicht zögern wird, aus einer solchen Enthüllung umgehend politischen Gewinn zu ziehen, um das moralische Ansehen seiner Partei zu verbessern, die gerade jetzt, nach Aufdekkung skandalöser Gewinnziehungen aus dem Sumpf kommunaler Immobilienpolitik, eine Aufbesserung ihres Ansehens gut gebrauchen könnte.

Sumpf überall, des marécages partout, sagt die Inspektorin.

Den Blick auf Viszmans Hinterkopf und durch Viszmans Hinterkopf abgelenkt vom Gespräch, habe ich nicht verstanden, ob sie den Sumpf in den Direktionen der Nationalparks und Naturschutzgebiete meint oder die regionalen Sümpfe des Monsieur Barbagelata, eines offenbar machtbesessenen Profiteurs, den man einmal genauer unter die Lupe nehmen müßte. Schon der Name klingt wie ein Pseudonym: nach Mafia und Waffenhandel, und es ist unwahrscheinlich, daß eine Veröffentlichung des Inspektionsberichts den Nationalparks und Naturschutzgebieten aus dem Sumpf der Direktionen heraushelfen könnte und so dem Erhalt der naturgeschützten Sümpfe dienlich wäre, solange jener Monsieur Barbagelata die Finger im Spiel hat und nur auf eine Veröffentlichung wartet, um sich alsdann die Hände zu reiben und Gewinn zu ziehen, der auf dem Umweg über das wieder gefestigte Ansehen seiner Partei in seine Villa in Martigues fließt anstatt in naturschutzwidrig trockengelegte Sümpfe.

Mit einem Schlag auf den Hinterkopf ist Trotzki getötet worden, fällt mir ein; aber diese Todesart verbietet sich bei Viszman aus einer Reihe von Gründen: Mein Verteidiger muß eine Chance gegen die Presse haben. Die Presse wird sich nicht entgehen lassen, einen Schlag auf den Hinterkopf mit dem sogenannten Exkommunismus des Opfers in Verbindung zu bringen und symbolisch zu deuten, sie wird herausfinden, daß Viszman gebürtiger Pole ist, und anfangen, in polnischen Akten zu blättern. Ich habe keine Ahnung, was sie da findet: in manchen von diesen Akten sollen die ungeheuerlichsten Dinge stehen, in anderen wieder rein gar nichts. Ich kenne Viszman nicht, ich wußte nicht einmal, daß er aus Polen kommt, und ich will ihn um keinen Preis kennenlernen, aber selbst wenn ich ihn kennen würde, wüßte ich nicht, was in den Akten steht. Ich darf die Verteidigungslinie meines Anwalts, der unerschütterlich auf Vergewaltigung zielt, nicht sabotieren, indem ich die Presse auf Akten ansetze, deren Inhalt womöglich so ungeheuerlich ist, daß er die sorgfältig ausgeklügelte Notwehrtheorie hinwegfegt als läppische Camouflage.

Zweitens: wie hat das Gericht sich einen Vergewaltigungsangriff vorzustellen, bei dem das Opfer dem Täter auf den Hinterkopf haut?

Drittens: ich besitze keinen Gegenstand, mit dem ich Viszman durch einen Schlag auf den Hinterkopf töten könnte. Viertens: ich kann kein Blut sehen. Kleine Mengen schon, aber ab Nasenbluten wird es schwierig. Einen Film über die Ermordung Trotzkis habe ich vor dessen Ermordung verlassen in der Annahme, daß mengenhaft Blut zu sehen sein würde, wissend selbstverständlich, daß dieses Blut kein Blut ist, und insbesondere ohne in meiner Jugend Trotzkistin gewesen zu sein, was ich bereit bin, vor Gericht zu beschwören.

Das Gericht freilich, durch die Presse nervös geworden, will meinen Anti-Trotzki-Schwur gar nicht hören; das Gericht wittert KGB, nachdem der Richter seine Sekretärin extra in die öffentliche Leihbücherei geschickt hat, um den Mord am Feierabend einmal genau nachzulesen, zuerst hat sie drei falsche Bücher gebracht, in denen nur das Todesdatum und Mexiko stand, aber schließlich hat er gefunden, was er sich sowieso dachte: vom KGB, dieser Mercader, dieser Mörder. Vergewaltigung wäre ihm lieber, damit kennt er sich aus, das kommt häufig vor; vorm KGB hat er, ehrlich gesagt, Angst, obwohl der jetzt harmlos sein soll, seit sie sich alle vertragen und jeder mit jedem stundenlang telefoniert am Abend, aber wissen kann man ja nie bei den Russen; wie gesagt, Vergewaltigung wäre ihm lieber, wenn bloß die Medien nicht diesen Rummel machten.

Bei KGB-Verdacht nützt natürlich kein Schwur, das ist klar.

Die Villa des Monsieur Barbagelata in Martigues: ich erinnere mich nicht an sie. Auch die beiden Schweizerinnen erinnern sich nicht, obwohl sie vor anderthalb Jahren oft an dieser Villa vorbeigekommen sind auf dem Weg zum Wasser, die Kinder mit ihren Schwimmbrettern, Taucherbrillen und Flossen, Eistüten, die Eltern tragen den Rest in den Badetaschen, Sonnencreme nicht vergessen, Familienurlaub, langweilig, aber schön; im nachhinein, weil die Urlaubsgeschichte geschlossen ist: eher schön als langweilig, mit Ausnahme des Tages in Avignon und des Malheurs mit der Brieftasche.

Sie erinnern sich: das Fest zum 14. Juli, das Feuerwerk abends, eine Paëlla und wie ihnen die Kleine abhanden gekommen ist, vierjährig damals, die Tochter der Brünetten, einfach weg, genau das, was jede Mutter in jedem Kaufhaus befürchtet, der weltweite Mütteralptraum: Kind weg, in der Menge verschwunden, auf dem Rummelplatz, beim Feuerwerk, bei der Seehundfütterung, im Straßenverkehr, die Kleine hat einfach die Hand losgelassen, da waren ganz viele rote und grüne Wunderkerzen am Himmel; ein Mistral, der aber erst später angefangen hat, das Salz aus dem Meer auf die Straße zu blasen; der salzige Belag auf der Straße ist in der Erinnerung untergegangen zugunsten der Suchgeschichte: Wo ist die Kleine hin. Ein Mutterherz hat sich vor Schreck kalt zusammengezogen, weil Kinder ins Wasser fallen oder von bösen Menschen gefressen werden können, am 14. Juli immerhin kaum Autos in der Nacht, die aber dann besoffen.

Ein Satz während des Urlaubs in Martigues: Die Jahre zwischen Dreißig und Vierzig mußt du irgendwie wegschaffen. Von der Frau des Obst- und Gemüsegroßhändlers nicht gesagt; nur gedacht, in Martigues, während in Bern die elektrische Sprenganlage alle zwei Tage abends den Garten automatisch versorgt, bei der Heimkehr Blattläuse auf den Rosen, aus irgendeinem Grund waren in diesem Jahr die Dahlien nicht gekommen, unerklärlich.

Der bozener Mann der Blonden in Martigues: noch keine Organistin aus Yverdon in Sicht, die dortige Kirche kämpft einen zähen Dauerkampf mit der Stadtverwaltung wegen der Finanzierung der fälligen Restaurationsarbeiten, infolgedessen schläft der Restaurator in diesem Sommer noch ausschließlich mit seiner Frau, nicht gerade am 14. Juli, wohl aber unter anderem am 16. Juli, und nicht eben mit Leidenschaft, aber für eine Schwangerschaft hat es gereicht, die Blonde berät sich mit ihrer Freundin, die unter drei Kindern stöhnt (um eins hat sie kurz zuvor so gebangt), und treibt noch Anfang September ab. Ohne ihrem Mann etwas davon zu sagen? Ohne. Ihr Mann ist aus Südtirol und folglich Katholik. Aber was ist mit der sprichwörtlichen schweizer Ehrlichkeit?

Natürlich haben die beiden Schweizerfamilien in Martigues nicht auf den hellgrauen Volvo geachtet, aus dem Monsieur Barbagelata ausstieg, als sie vorbeigingen. Der Mistral hatte angefangen, und die zweitjüngste Tochter, noch ohne die Plombe, die ihr kürzlich herausgefallen ist, vielmehr im Bonbon steckengeblieben, wovon ihre Mutter im Augenblick noch nichts weiß, hatte einen Wutanfall, weil ihr Eis voll Scheißsand war, Scheißwind, Scheißsand, das Eis landet auf der Straße, nicht weit von Monsieur Barbagelatas Schuhen. Unklar ist, warum die heutigen Kinder immer so schlecht gelaunt sind, schweizer Kinder, französische Kinder, deutsche Kinder; sogar schon der Kleine, sagt die Naturinspektorin, hängt mir dauernd ein Maul an, immerhin: seit der Scheidung geht es im großen und ganzen besser.

Monsieur Barbagelata hält einer Frau die Wagentür auf. Sie hat riesige silberne Ohrringe, Kreolenohrringe, und schwarz geschminkte Augen ganz ohne Müdigkeit drum herum, weil sie natürlich jung ist und erst anfängt, aber im Unterschied zu zwei Schweizerinnen, die gerade vorbeigehen, als sie aussteigt, benutzt sie von Anfang an kein Piz Buin mit Sonnenschutzfaktor sieben, sondern Sonnencreme von Shiseido. Die Jahre zwischen Dreißig und Vierzig sind ihr im Augenblick völlig egal, alles was zwischen Dreißig und Vierzig ist oder noch älter am Ende, ist ihr peinlich, hat vage mit den Wechseljahren zu tun und wird deshalb einfach nicht wahrgenommen, mit Ausnahme von Monsieur Barbagelata, der zwischen Dreißig und Vierzig ist und keinerlei sichtbare Vorzüge hat, weshalb man ihn leicht übersieht, keiner schaut so genau hin, und schon treibt er Waffen- und Immobilienhandel.

In Vienne sind sich die Inspektoren einig, den desolaten Zustand der Naturparks und Naturschutzgebiete, so lamentabel er ist, für sich zu behalten – alles behördenintern versickern lassen, anstatt Monsieur Barbagelatas junger Freundin eine teure Sonnencreme zu finanzieren, und wenn es nur das wäre: aber es hängt eine ganze Villa in Martigues daran, ein Privatflugzeug, eine Segeljacht. Palmen. Apéritifs.

Viszman, vom Gang kommend, sieht mich an.

Vielleicht ahnt er etwas.

Der Blick hat einen Widerhaken, weil das Müde um Viszmans Augen herum während des Blickes leise Fältchen macht, und natürlich weiß Viszman, daß ihm keine Frau widerstehen kann, wenn er so mit den Augen lächelt; der Mund dabei unbewegt. Blickweise von einem Mann wie Viszman angelächelt zu werden ist für jede Frau lebensgefährlich, weil dieses Lächeln sich mit ihr verständigen und verbünden will, ironisch kundtut, daß dieses Abteil hier in Wirklichkeit leer ist, keine Naturparkinspektoren, keine Schweizerinnen, niemand hier. Dieser Wir-zwei-allein-Blick ist offenbar blind für die Probleme des Naturschutzes und des

Waffenhandels von Monsieur Barbagelata, er hat andere Abenteuer im Sinn; er ignoriert auch, daß einer Blonden noch heute abend von ihrem Mann eröffnet werden wird, daß er sie probeweise zugunsten einer Organistin in Yverdon ein bißchen verläßt, und was wird aus ihr und den Kindern.

Der Blick sagt, kümmere dich nicht darum. Ich mach das. Wir beide. Der Rest bleibt draußen. Was kümmern uns die. Natürlich fällt jede Frau darauf rein, und es ist völlig klar, wie das endet.

Er oder ich.

Es ist ein dummer Reflex, jetzt an meinem Rock zu ziehen, als würde er länger davon. Es ist überhaupt dumm, einen so kurzen Rock anzuziehen auf einer Bahnfahrt, weil man nie weiß, wer einsteigt, wenn einem die eigenen Leute schon auf den ersten Seiten schriftstellerisch entgleiten. Der Rock ist unanständig, und es ist unfaßbar, wie ich darauf gekommen bin, zu dem unanständig kurzen hellen Rock schwarze Strümpfe zu tragen, der Rock wird nicht länger durch Daranziehen, was Viszmans Blick selbstverständlich nicht entgeht: Eine Frau zwischen Dreißig und Vierzig beantwortet seinen männlichen Wir-zwei-allein-im-Abteil-Blick, indem sie ihren Rock über die Knie zu zerren versucht.

Ich weiß schon, daß das Augenlächeln jetzt auch noch spöttisch wird, weil mein Rock nicht über die Knie geht. Ich muß aufpassen, daß ich mir selbst nicht am Ende noch schriftstellerisch oder sonstwie entgleite.

Ich hab dich schon, sagt der Blick, aber um keinen Preis will ich ihn sehen, sondern kneife den Mund zusammen, schlage die Beine übereinander und konzentriere mich darauf, blaustrümpfig auszusehen und vor allem nicht rot zu werden. Die Umgebung von Lyon ist nicht so, daß man rot werden muß, wenn man sie durch ein Zugfenster ansieht. Die Bäume haben die Füße im Wasser, links leuchten die Raffinerieanlagen, die Autos fahren mit Standlicht, es ist trüb und neblig.

Dieser Rock – ich kann nur hoffen, daß der Schaffner seine korsische Frau liebt und infolgedessen den kurzen Rock übersehen hat. Der Rock in seiner schriftlichen Zeugenaussage würde die Vergewaltigungstheorie meines Staranwalts mit einem Knall zum Platzen bringen, weil offensichtlich ein solcher Rock schon an sich eine Aufforderung ist. In Verbindung mit schwarzen Strümpfen kommt dieser Rock einem Delikt nahe, für das gesetzlich einmal ein Straftatbestand eingerichtet werden sollte, wonach männermordende Frauen nicht ohne weiteres frei herumlaufen sollten und öffentliche Züge benutzen. Der Schaffner seinerseits wäre alles andere als einverstanden, wenn seine schöne Frau in so einem Aufzug Eisenbahn führe, überhaupt ist er dagegen, daß seine Frau öffentliche Verkehrsmittel benutzt und allzu frei herumläuft, es hat einmal einen fürchterlichen Krach zwischen ihm und seiner Frau gegeben, als er nach Hause kam und sie mit heruntergerolltem Badeanzug auf dem Balkon erwischte; an sich zwar ist der Balkon von der Straße nicht einzusehen wegen des Oleanders und der Geranien, auch nicht vom Platz mit dem Kriegerdenkmal, an dem die Männer den ganzen Tag herumstehen und warten, ob es was zu sehen gibt; die Frau hat gesagt, was ist schon dabei, und ist auf korsische Weise stur geblieben, daß sie keine weißen Streifen auf den Schultern wollte, und schließlich ist er zum Baumarkt gefahren, hat drei Rollen Bastmatten gekauft und wortlos innen an den Balkonstäben festgemacht im vierten Stock. Manchmal hat er Blutdruck über 200.

Ich bin sicher: Er wird es sich nicht entgehen lassen, den Minirock in die Zeugenaussage zu nehmen, ihn gegebenenfalls auch zu beschwören.

Mein Verteidiger wird verwirrt sein, wenn er die schriftliche Aussage erhält. Sie machen mir Kummer, wird er sagen, als wäre er mein Verleger; zum Zeichen seiner Bekümmertheit wird er sich unter der Brille die Augen reiben, mit Daumen und Zeigefinger die Nasenwurzel einen Moment lang zusammendrücken, weil ihm zu meinem Minirock und den schwarzen Strümpfen nichts mehr einfällt. Die Brille ist neu, eine italienische Marke. Die alte Brille sah doch arg nach Referendariat aus und taugte nicht zum Einsatz vor der Presse und vor Gericht. Seine Strategie ist durch den Schaffner mehr als erschüttert, obwohl ich ihm von Beginn des Verfahrens an immer wieder gesagt habe, daß es nicht Notwehr war, klipp und klar, keine Nötigung, keine Gewalt, keine Vergewaltigung. Mein Anwalt glaubt erst dem Schaffner. Allmählich zieht er die Möglichkeit eines politischen Attentats in Betracht und überlegt, für wen ich gearbeitet haben könnte.

KGB wäre ihm nicht recht, andererseits – CIA wäre im Grunde noch schlimmer, Doppelagentin würde am wenigsten Ärger machen, weil die so was telefonisch unter sich aushandeln. Letztens hat er zum x-ten Mal diesen Mata-Hari-Film mit Greta Garbo im Fernsehen gesehen, die allerdings nicht mit Minirock arbeitet. Hat sie gar nicht nötig gehabt.

Ich könnte mich umziehen. Ich habe einen langen schwarzen Rock und ein Paar Bluejeans in der Tasche, aber ich will nicht, daß Viszman denkt, mich hätte der Mut verlassen. Der Mut hat mich nicht verlassen, nur: die vielen Zeugen im Abteil waren nicht vorgesehen. Eine Komplikation, nichts weiter. Schriftstellerisch zu bewältigen.

Der Südtiroler heute abend, wenn die Kinder wieder pünktlich im Bett sind, weil morgen die Schule beginnt, der Südtiroler gießt seiner Frau und sich Dôle ein; sie denkt, es ist, weil sie nach zwei Wochen Ferien wieder daheim ist, aber er sagt: Hör mir zu, Doro. Natürlich hört sie zu, obwohl sie eine Urlaubsgeschichte mit Steinpilzen und ohne baskisches Huhn zu berichten hat. Er klingt rauh in der Stimme, das heißt, es wird ernst. Es klingt nach Aussprache. Du hast es natürlich geahnt, sagt er. Etwas hat sie geahnt, aber Umzugspläne nach Yverdon liegen doch jenseits der Ahnung.

Ich bin froh, daß sie es hinter sich bringen, ohne sich monatelang zu drangsalieren mit Paartherapie, Einzelsitzung und gutem Willen. Doro empfindet als erstes eine gewisse Erlösung. In Pau, an der Steinbrüstung, Heinrich den Vierten im Rücken, Blick über die Berge, hat sie möglicherweise gedacht: 34, und das geht jetzt immer so weiter, entsetzlich; und etwas hat sie leer angegähnt von vorne, flau. Fluchtgedanken hatte sie keine. Bevor sie ihr Archäologiestudium aufgegeben hat, schien ihr, als könnte sie mindestens drei, vier Leben auf einmal hinkriegen, eins in Ägypten, eins in Karthago, womöglich auch eins in Bern, obwohl Bern das letzte war, woran sie dachte, aber plötzlich stand sie letzte Woche in Pau, der Gedanke an mehrere Leben lag mehrere Jahre zurück, und wenn sie recht überlegte, hatte sie sich nicht einmal ein Leben vorzuweisen, eines, vor dem ihr nicht flau wäre, so flau, daß sie immer häufiger morgens den Fernseher anmacht und sich regelrecht wegträumt nach Kalifornien und Miami Beach, und vielleicht war es in Pau schon Erholung, daß sie es überhaupt denken konnte. Wenn sie es denn gedacht hat, aber wer weiß schon, was jemand denkt, wenn er in Pau auf die Berge schaut.

Jedenfalls: Erlösung ist ein weiches Magenempfinden; aber dann, kurz darauf, wird sie sich sagen: Deshalb also die Pyrenäen; weil es rundheraus schäbig ist, daß sie in die Pyrenäen geschickt wird wegen eines Komplotts mit Organistin. Schäbig und banal. So schabig und banal, daß sie nächste Woche das Frühstücksfernsehen einmal ausfallen lassen, ihren Fiat nehmen und während der Schulzeit der Kinder nach Yverdon fahren wird, um vor einer Adresse, die sie per Jackett-Durchsuchung aufgetan hat, oder auf dem Parkplatz vor der romanischen Kirche einen gelben VW-Polo mit waadtländer Kennzeichen zu suchen und rasch zu finden, da sie es nämlich kennt, weil ihr Mann mehrmals die Schamlosigkeit hatte, vor dem gemeinsamen Haus in ein solches Fahrzeug einzusteigen; vielmehr vor dem Haus, in dem ihre gemeinsame Eigentumswohnung im zweiten Stock genügend Fenster zur Straße hat, aus denen sich zufällig das Einsteigen ihres Mannes in einen gelben VW-Polo beobachten läßt: die Nummer notiert, weil sie so eine Ahnung hatte, sie könnte sie einmal brauchen. Hinfahren während der Schulzeit, das Auto finden und mindestens beide Hinterreifen aufschlitzen.

Wäre sie in die Alpen gefahren, ans Matterhorn zu dem Pharmavertreter, dann hätte sie demnächst andere Sorgen. Dann wäre sie demnächst in die Waffenexporte eines vorgeblichen konstanzer Pharmavertreters verstrickt, der zwar nur ein Strohmann ist, aber wer sich in einer Villa in Martigues mit einem Monsieur Barbagelata trifft, kann als Strohmann leicht hochgehen. Besonders wenn es Photos gibt. Barbagelata selbst gehört nicht zu den Leuten, die hochgehen, aber die Frau, die blonde da auf dem Photo, die mit der sprichwörtlichen Ehrlichkeit im Gesicht, zur Tarnung eine biedere Freundin dabei, vorgeblich Touristinnen, Ferien in den Pyrenäen, was sucht die in Avignon. Die Dubuffet-Ausstellung, von der sie später erzählen wird, ist längst vorbei, am Nebentisch Monsieur Barbagelata, Berge von Papieren vor sich, im Café auf dem Platz vor dem Papstpalast. Man bedenke auch den Hotelgast von heute früh, der die beiden in seinem Wagen (hellgrauer Volvo?) zum Bahnhof gefahren hat. Und was ist mit diesem Photo: scheinbar heile Urlaubsfamilie, die Blonde spielt die Familienmutter aus Bern mit Badesachen, Taucherzeug, Kindern mit Eis vor einer bestimmten Villa in Martigues mit hellblauen Fensterläden, die zwischen den vielen Fischerhäuschen nicht direkt protzig aussieht, so dumm ist er nicht, sondern als Villa eher lasziv. Im Hintergrund Barbagelata, sein Volvo, seine Geliebte beim Aussteigen aus dem Volvo, er.

Was hat die Blonde mit Nahost zu tun? (Erste Kontakte womöglich während des vorgeblichen Archäologiestudiums? Überprüfen!)

Jetzt sollen sie aussteigen in ihre Zukunft. Wir sehen uns vor Gericht.

Wir sehen vor uns: die Schienen werden mehr und dichter, rechts die Hochhäuser von Lyon Part Dieu.

Sie steigen aus.

Ich bin weit davon entfernt, aus guten Gründen, die mir übermorgen mein Verleger nicht ersparen wird, mein schriftstellerisches Handwerk zu überschätzen; schriftstellerischer Größenwahn, jeglicher Größenwahn überhaupt ist ganz und gar nicht meine Sache, aber dies halte ich doch für genial: sie sind in Lyon Part Dieu tatsächlich ausgestiegen! Alle beide! Anoraks angezogen, draußen ist der Nebel fisselig geworden, beim Blick auf den Bahnsteig oktoberlich gefröstelt, Rucksäcke aufgesetzt. Gleich stehen sie auf dem Bahnsteig und suchen die Abfahrtstafel, Anschluß Gleis drei.

Zumindest ein Trumpf, den ich aus der Tasche ziehen werde, wenn mein Verleger auf die Personenführung, meine angeblich mangelnde Gewalt über meine Leute zu sprechen kommt, meine angebliche Unfähigkeit; sie zum Aussteigen in Lyon Part Dieu zu bewegen, wenn dieses Aussteigen für den Fortgang der Handlung erforderlich ist.

Wir sitzen, mein Verleger und ich, wie immer bei diesen Gesprächen, am Winterfeldtplatz, draußen fahren Kinder mit Skateboards, der Verleger beobachtet, ob ich unter der Wucht seiner Argumente noch wage, die ägyptischen Bohnen weiterzuessen, die ich am Winterfeldtplatz immer bestelle; seine Personenführung, im Gegensatz leider zu meiner, ist ausgezeichnet, irgendwann bin ich entwaffnet und lege mutlos den Löffel beiseite. Aber morgen, anstatt den Löffel beiseite zu legen, werde ich meinen Trumpf aus der Tasche ziehen, und es ist an ihm zu staunen, weil er mich unterschätzt hat und mir weder Personenführung noch einen Mord zutraut. Ich sage, Sie hören wohl keine Nachrichten, was?, weil ich polizeilich gesucht werde wegen der Viszman-Sache.

Die Naturparkinspektorin mir gegenüber ist eingedöst, nachdem sich alle einig darüber waren, daß es das Fernsehen ist, weshalb Kinder heute immer so schlechte Laune haben, aber gegen das Fernsehen ist nichts zu machen; der Zug fährt durch nasses Grau, keine Weinernte zu erkennen, Viszman tut so, als ob mein Rock knöchellang wäre, er liest Diderot. Eine Plastiktüte mit Mandarinenschalen und Yoghurtbechern liegt unterm Sitz, und die beiden Männer gehen die Ergebnisse der letzten Tischtennisturniere durch.

Seine Schuhe passen nicht zum Rest von Viszman. Sie haben eindeutig etwas Rührendes. Geputzt sind sie auch nicht, aber es ist nicht das Ungeputzte, weshalb sie rührend sind; zudem sind sie alt und schon einigermaßen farblos, auch das nicht eigentlich rührend, aber während Viszman über Tahiti liest, sehe ich seine Schuhe irgendwo ohne ihn stehen, vor einem Sessel, vor einem Bett, vor einer Tür, irgendwo ausgezogen, wo sie hingehören. Viszman sehe ich nicht. Nur seine Schuhe.

Es ist sehr viel leichter, jemanden umzubringen, dessen Schuhe nicht so rühren, sondern nach Geld und Schick und Schuhladen aussehen, nach Schuhlöffel sozusagen, um in die Schuhe hineinzusteigen. Schuhe sind Rangabzeichen, hat meine Mutter mir beigebracht: bei einem Mann immer zuerst auf die Schuhe schauen, hat sie mir immer geraten, Schuhe und Hände sowie die Armgelenke eines Menschen mit der dazugehörigen Uhr daran sagen über den Menschen viel aus, besonders bei einem Mann, hat sie mir eingeschärft. Meine Mutter würde einen Träger solcher Schuhe, wie Viszman sie anhat, glatt übersehen, einfach nicht kennen wollen, wenn nicht sogar ausdrücklich meiden, dazu das demonstrative Fehlen der Uhr und der Uhrenmarke an der Uhr, von der Krawatte zu schweigen; sie würde den Kopf schütteln, wenn ich ihr mit Rührung käme wegen der offenkundigen Vernachlässigung des Schuhwerks. Natürlich kann jemand, der sich mit Diderot beschäftigt – eine konsequente Beschäftigung übrigens für einen Ex-Trotzkisten –, sich nicht um seine Schuhe kümmern: für jeden Diderot-Leser können Schuhe nichts anderes sein als reine Gebrauchsgegenstände, Schuhe haben so lange getragen zu werden, bis die Sohlen entzwei sind; das Tragen der Schuhe, bis die Sohlen durch sind, ist im Grunde angewandte Kulturkritik im Sinne der Enzyklopädisten.

Meine Mutter wird mir heute abend ihre Neuerwerbungen vorführen und beiläufig meine Stiefel mißbilligen, die sie vom Frühling schon kennt und vom vorigen Winter, sogar noch länger. Die hattest du schon in der letzten Saison an, sagt sie und zeigt mir ihre nagelneuen Schuhe für jede Gelegenheit: Straßenschuhe, Opernschuhe, Wanderschuhe, Turnschuhe, Berufsschuhe, davon gleich mehrere Paar, weil man nicht jeden Tag mit denselben Schuhen zur Arbeit gehen kann, während Viszman offensichtlich jeden Tag dieselben Schuhe anhat als praktizierender Diderot-Kenner und Enzyklopädist. Natürlich könnte seine Frau sich um seine Schuhe kümmern.

Meine Mutter kümmert sich nicht nur um ihre Schuhe, sondern auch um die Schuhe meines Vaters, der in seiner Jugend schließlich auch Trotzkist war, allerdings nach seiner Abkehr vom Trotzkismus nicht den Weg zurück gefunden hat zu den Anfängen europäischer Kulturkritik, sondern direkt in den Antikommunismus fortgeschritten ist, wie bekanntlich viele Kommunisten geradewegs nach ihrer Abkehr vom Kommunismus die entschiedensten Vertreter eines Antikommunismus geworden sind, der seinen kritischen Blick auf das Schuhwerk eines Menschen wirft anstatt auf die Anfänge europäischer Kulturkritik und Diderot. Meine Mutter hat meinen Vater trotz seines Trotzkismus geheiratet und ihn früh mit neuen Schuhen versorgt, die ihn den Weg in den Antikommunismus leichter haben beschreiten lassen. In ganz Europa gibt es allenfalls noch fünf Menschen, die die Lektüre von Diderot mit dem Boykott antikommunistischen Schuhwerks verbinden.

Sonderbar ist, daß zwei Fünftel davon in einem Abteil sitzen. Die anderen drei würden mich interessieren.

Sie sitzen jedenfalls nicht im Abteil, obwohl die Inspektion der Nationalparks und Naturschutzgebiete der Kulturkritik Diderots im weiteren Sinne nicht ganz und gar fern steht. Natürlicherweise ist, wer die Nationalparks vor ihren Direktionen zu schützen versucht, ob wissentlich oder nicht, Rousseauist, also Kulturkritiker an sich. Was sonst sollte unter Naturschutz im Sinne Rousseaus zu verstehen sein als Kulturkritik an den Direktionen der Nationalparks und ihren Potemkinschen Dörfern wie auch an den dunklen Geschäften eines Monsieur Barbagelata, mit dessen Waffenexporten die endgültige Zerstörung Tahitis vollzogen wird, die bereits Diderot für unwiderruflich gehalten und prophezeit hat. Die Inspektoren tragen entsprechend Naturschützer-Schuhwerk, robust und dick eingefettet, mit dem sich die europäischen Sümpfe beschreiten lassen.

Ich werde Viszman nicht wegen seiner Kulturkritik

töten, die ich, im Gegensatz zu seiner trotzkistischen Jugendsünde, mit ihm und noch drei anderen Europäern teile.

Im Grunde ist es ein Jammer, mit der Person Viszmans ein Fünftel der europäischen Kulturkritik zu erledigen, ein Fünftel derer, die die Lektüre Diderots mit dem Boykott antikommunistischen Schuhwerks zu verbinden bereit sind, weil eine Theorie umgesetzt werden muß in eine vernünftige Praxis. Diese Praxis kann schließlich nicht sein, Schuhe als solche radikal zu boykottieren und beispielsweise barfuß durch die europäischen Sümpfe zu schreiten, nicht einmal Diderot ist es ums Barfußgehen an sich gegangen, und ob es Rousseau darum ging, müßte ich nachschauen oder Viszman fragen, an den Inspektoren ist immerhin festzustellen, daß Rousseau verwässert in den staatlichen Naturschutz Eingang gefunden hat: Digitaluhren, Uhren überhaupt, die Zeittaktigkeit des Lebens sowie des staatlichen Naturschutzes muß jeder konsequent zu kulturkritischer Praxis entschlossene Diderot-Leser boykottieren, darin bin ich mit Viszman und den drei anderen Fünfteln der europäischen Kulturkritik einig. Meine Schuhe sehen entsprechend aus.

Ein Blick auf meine Schuhe, und jedes Gericht der Welt wird mir meinen Antikapitalismus umstandslos glauben, den ich bereit bin, auf meinen Eid zu nehmen. Keiner soll mich für einen Strohmann des Monsieur Barbagelata halten, der bekanntlich nicht nur von der Trockenlegung der Sümpfe im ganzen Land profitiert, sondern an der Zerstörung Tahitis aktiv beteiligt ist und den zu erledigen wahrscheinlich sinnvoller wäre, als ein Fünftel der europäischen Kulturkritik auszuschalten.

Meinem Verleger morgen ist es ziemlich egal, wen ich ausgeschaltet habe. Sogar seine Bedenken gegen mein schriftstellerisches Handwerk entfallen, wenn er hört, daß ich polizeilich gesucht werde. Plötzlich duzt er mich. Wir haben uns wegen seiner Bedenken immer gesiezt, weil es leichter ist, einer schlecht verkäuflichen Schriftstellerin bei Gelegenheit einmal das Handwerk zu legen, wenn man «Sie» zu ihr sagt und ihr «Sie»-sagend beibringen kann, daß ihr konsequenter Antikapitalismus auf der Basis von Diderot ein kostspieliger Luxus für einen Verleger ist, der sich einen solchen Luxus zwar sehr gern leisten würde, aber um ihn sich leisten zu können, müßte er hin und wieder ein Buch verkaufen. Er findet es lächerlich, wenn ich ihn auf die vier der fünf Kritiker europäischer Kultur aufmerksam mache, die sich nicht nur konsequenten Antikapitalismus, sondern auch meine Bücher leisten können, Zahlen, sagt der Verleger, Ihre Verkaufszahlen. Morgen abend ist von betrüblichen Verkaufszahlen nicht mehr die Rede, sondern von Mord.

Ich müßte Barbagelata in Mâcon einsteigen lassen, er könnte bis Dijon fahren und dort umsteigen, um in Konstanz seinen Strohmann zu treffen, aber solche Leute haben natürlich ihren Volvo und für Dienstreisen einen Chauffeur. Es ist ein Jammer, weil Barbagelata eine Krawatte trägt, die für einen Mord geeignet wäre. Und immerhin wären wir zu zweit, Viszman und ich, einer hält ihn fest, der andere zieht zu. Wenn mir schlecht wird, weil ich nicht einmal Barbagelatas Gesicht ansehen kann nach der Tat, erinnert Viszman mich an Tahiti und die Nationalparks. Die Inspektoren werden die Tat zwar nicht billigen, aber schweigen, weil die Erledigung Barbagelatas immerhin ein Beitrag zur Verhinderung der Klimakatastrophe ist, die schon kurz hinter Villefranche anfängt: keine Weinernte, nur Wasser. Überall Wasser. Von oben runter und schräg gegen die Fensterscheiben. Manchmal streckt ein einzelner Baum seinen Kopf aus dem dunklen Wasser.

Die Schweizerinnen allerdings würden bezeugen, den Satz gehört zu haben: Wählen Sie, Viszman, der vor dem Hintergrund des Mordes an Barbagelata vieldeutig nach Komplizenschaft klingt, wobei das Gericht seine Zweifel an der Ehrlichkeit dieser Schweizerinnen hätte, sobald das Photo aus Avignon als Beweismittel auf dem Tisch liegt: Doro und ihre pseudobiedere Freundin, als Touristinnen verkleidet, am Nebentisch das berüchtigte Opfer, noch dazu vor dem Papstpalast, Symbol für die finsterste Inquisition, Zentrum der Gegenaufklärung, Zentrum der Zerstörung Europas, Zentrum der Gegnerschaft diderotscher Kulturkritik; klar, daß sie Viszman und mich hinter Gitter bringen will, diese Doro mit ihrer Scheinheiligkeit, immerhin im Besitz eines Klappmessers, mit dem sie zur Irreführung des Gerichts einer Organistin in der Pestalozzi-Stadt Yverdon zwei Sommerreifen zersticht, um von ihrer Verbindung zu Barbagelatas Strohmann abzulenken, der nach dessen Tod natürlich hochgehen wird, wenn man die Täter nicht zum Schweigen bringt.

Während es meinem Verleger egal ist, wen ich ausschalte, wird es unseren Verteidiger freuen. Wir nehmen natürlich beide denselben Verteidiger, der sogleich begeistert ist, daß Viszman keineswegs seine Mandantin vergewaltigt hat, obwohl die Notwehrstrategie raffiniert gewesen wäre, das gebe ich zu, hätte ich ihm nicht mit meinem Minirock einen Strich durch die Rechnung gemacht; Sexualdelikte sind an und für sich eine glänzende Sache, für die sich die Anschaffung einer Armani-Brille jedenfalls lohnt, allerdings sind sie in letzter Zeit ein klein wenig inflationär geworden, findet der Anwalt, die Öffentlichkeit fängt langsam an zu gähnen, wenn wieder ein Sexualdelikt mit und ohne Notwehr und Todesfolge vor Gericht kommt, ob minderjährig oder nicht, nur die Frauenorganisationen interessieren sich noch dafür. Zwar hätte man ohne den Minirock leicht gewinnen können, sogar gegen die Presse hätte man sich durchgesetzt, der, wie gesagt, die Sexualdelikte auch schon zum Halse raushängen, aber Mord an internationalem Waffenschieber, mafioses Geschehen in Martigues von zwei Radikalindividualisten an den Tag gebracht, das gefällt ihm natürlich, vor allem wenn ich ihm auf der Landkarte zeige, wie nah Martigues bei Marseille liegt, so nah, daß man sagen könnte, ein Vorort. Kampf gegen die internationale Korruptionsliga mit Hauptfiliale Marseille, das wird es dem Anwalt ermöglichen, die überfällige Armani-Brille vor seiner Frau als sinnvolle Investition auszugeben, und daß es eine sein wird, eine sinnvolle Investition, das können wir ihm versichern, Viszman und ich, obwohl wir auch ohne Brille klar sehen, worum es ihm geht: unser Verteidiger erzählt uns im Vertrauen, daß er in seiner Jugend Mitglied einer maoistischen Partei war, später wegen parteiinterner Intrigen Zwangsaustritt, Studium bei sogenannten Verfassungsfeinden, keine Demonstration ausgelassen; leider zur Zeit der entscheidenden politischen Verfahren noch immer im Studium und mit der leidigen Straßenverkehrsordnung befaßt, als Ex-Maoist selbstredend nie das Zivilrecht begriffen, Buch mit sieben Siegeln, das bürgerliche Gesetz, kurz: kaum hatte er sein Examen, war die Zeit der politischen Kämpfe vorbei, folglich Frustration, Ehe trotz entschlossener frühester Ablehnung dieser Institution, bis heute komplette Unfähigkeit, das Erbrecht zu begreifen, all das erzählt der Verteidiger uns, als wollte er sich entschuldigen, daß nicht er Barbagelata getötet hat, aber natürlich brauchen wir nur auf die Schuhe zu schauen, um zu wissen, daß er auch eine Uhr unterm Ärmel seines Pullovers hat und gegebenenfalls Barbagelata auch gegen Diderot höchstpersönlich verteidigt hätte, um die Armani-Brille bei seiner Frau durchzusetzen, die aus den Zeiten des Studiums und der anschließenden kleinen Fische noch gewohnt ist, aufs Geld zu schauen.

Die Inspektorin schläft jetzt tief, Viszman liest über Tahiti, das Buch hält er mit der linken Hand.

Für den Fall, daß Barbagelata in Mâcon nicht einsteigt, sondern die Frechheit besitzt, eine nachweislich von ihm wenn nicht verursachte, so doch drahtzieherisch weltweit geförderte Klimakatastrophe mit seinem Volvo und einem Chauffeur zu durchfahren, zu durchschiffen vielmehr, wie man nach einem Blick aus dem Zug annehmen muß, wird man sehen müssen, wie man ihn dennoch zu fassen kriegt.

Ein Mord an Viszman hieße, die Minderheit konsequenter Diderot-Leser empfindlich zu schwächen. Das nicht! Viszman und ich ziehen am selben Strang, und die Geschichte ist voller Beispiele dafür, wie sehr es politischen Zielen schadet, wenn man sie aus den Augen verliert und ausgerechnet jene, die am selben Strang ziehen, erledigt und die eigenen Leute ermordet und liquidiert: Barbagelata, dieser gewissenlose Hasardeur und Profiteur, bleibt am Leben, reibt sich die Hände und sahnt ab.

Rein geschäftlich gesehen, bringt es mich nicht in den Verdacht, Diderot und dem konsequenten Antikapitalismus untreu zu werden, wenn ich mir sage, daß es nicht vernünftig sein kann, durch einen Mord an Viszman meine Leserschaft um ein volles Viertel zu reduzieren, selbst wenn mein Verleger mir morgen abend mit leuchtenden Augen eine Vervielfachung meiner Leserschaft ankündigen wird, indem er von mindestens zwei, drei Fällen berichtet, in denen ein Mordfall ein unerhört wirksames Mittel zur schriftstellerischen Qualitätssteigerung gewesen sei, überhaupt: alles Zweit-, sogar Drittklassige sei durch nichts besser als durch einen Mord in Erstklassiges zu verwandeln, sagt der Verleger und kann Namen und Zahlen nennen.

Mir ist es unangenehm, daß mein Verleger nur an Mord denkt, den Mord an sich und die dank des Mordes steigenden Verkaufszahlen. Ich sage, hören Sie (natürlich bleibe ich beim «Sie», das der Verleger indessen überhört), es ist eben nicht das gleiche, ob ich Viszman mit einem Schlag auf den Hinterkopf töte wie ein elender KGB-Attentäter oder ob ich mit Viszman gemeinsam der internationalen Korruption radikalindividualistisch den Kampf ansage; aber, wie gesagt: schriftstellerische Ehre interessiert ihn nicht, der Mangel an schriftstellerischem Handwerk, den er beklagt, ist vollauf kompensiert durch den Mord.

Während unseres Gesprächs sitzt Viszman schweigend, mit zum Glück völlig intaktem Kopf dabei und macht sich ein Bild von einem Verleger, den er bisher für integer hielt, da er meine Bücher publiziert hat (Viszman stellt ein Viertel meiner Leserschaft, woraus hervorgeht: seine Sprachkenntnisse, mindestens passive Kenntnisse der deutschen Sprache sind beachtlich; daß er an unserem Gespräch nicht teilnimmt, liegt an seiner bekannten männlichen Wortkargheit); blitzblank indessen kündet das überteuerte verlegerische Schuhwerk davon, daß der Mann sich und mich bedenkenlos den Medien ausliefern wird.

Im Grunde wäre meinem Verleger Mord aus Leidenschaft lieber, aber er nimmt es, wie es kommt, Hauptsache eine Leiche.

Vous avez l'heure, Monsieur? sagt Viszman. Er hat sich an den älteren der beiden Inspektoren gewandt, weil ihm klar ist, daß ich keine Uhr trage, nicht einmal eine Uhr besitze, abgesehen von einem Reisewecker in meiner Tasche, der ein Geschenk meiner Großmutter aus Zeitz ist, der Enkelin mit lieben Wünschen für die Zukunft zu ihrer Konfirmation; abgesehen von diesem Kleinstwecker lehne ich Uhren ebenso konsequent ab wie Viszman, der an meinem Schuhwerk natürlich längst erkannt hat, daß ein Fünftel der europäischen Kulturkritik und Uhrenverweigerer in seinem Abteil sitzt; daher richtet er listig die Frage nach der Uhrzeit an den Vertreter des Alibi-Rousseauismus, der sich arglos selbst kompromittiert mit seiner Antwort. Treize heures moins douze.

Merci, sagt Viszman, und schon sucht sein Blick meine Augen, selbstverständlich ohne Umweg über meine Beine in ihren schwarzen Strümpfen, Blick gegen Blick: bei aller Verschwiegenheit ein unverhohlener Verschwörerblick, Einverständnis in der Verachtung nicht nur der Zeit, der zerhackten, die uns beide nichts angeht; verstümmelt und gerastert liegt die Zeit auf den Leben der Uhrenbesitzer, das Uhrendiktat verwüstet unmerklich die Leben, vernichtet die Leben und bringt die Uhrenbesitzer schließlich zeittaktig um die Ecke; dagegen unverhohlenes Einverständnis in meinem Blick. Kein Erröten meinerseits diesmal, da von unernster Frivolität keine Rede sein kann zwischen uns, es geht um den Naturzustand, den ein verwässerter Rousseauismus feige verschweigt, indem er die Sümpfe behördenintern versickern, folglich vertrocknen läßt, es geht um die Wiederherstellung des Naturzustands auf Tahiti.

Monsieur Barbagelatas Volvo mitsamt Chauffeur hat gegen die Sintflut nichts ausrichten können. Die Saône ist als Saône nicht mehr dort, wo sie sonst ist, sondern, soweit man sieht, überall, die Saône geht in die Moselle über, die Moselle in den Rhein, in die Donau, flächendeckend, Straßen sind untergegangen, versunken, von Straßensperrung kann keine Rede sein, weil von Straßen und Weinernte keine Rede sein kann, ein Jammer um den diesjährigen Burgunder, hier und da schwimmt ein Hüttendach auf der Flut, Monsieur Barbagelata hätte seinen Volvo beizeiten umbauen sollen in ein Amphibienfahrzeug, um den Folgen seines antieuropäischen Tuns zu entkommen; sein Chauffeur hat sein Bestes gewollt und gegeben, aber wo keine Autobahn ist, versagt der Wille des besten Chauffeurs. In Tournus haben sie aufgeben müssen, überall stehen Lastwagen quer in der Pampe, der Verkehrsfunk spricht vom Einsatz des Militärs. Also umkehren. Schließlich haben sie pünktlich Mâcon erreicht. Den Volvo einbruchssicher in der Tiefgarage geparkt, aus derselben Tiefgarage per Mobiltelefon den Strohmann auf dem laufenden gehalten. Insbesondere über den Militäreinsatz.

Die Kleine in Martigues muß nicht angerufen werden, weil sie demnächst einundzwanzig ist und ersetzt wird durch eine neue. Die Sonnencreme und die Kreolenohrringe und noch ein paar andere Preziosen kann sie behalten.

Da stehen sie. SNCF. Gare de Mâcon. Unauffällig bewaffnet, der Chauffeur eins neunzig, breit wie ein Riese, Body-guard.

Der Kleinen wäre es auch gar nicht recht, jetzt angerufen zu werden. Sie lackiert sich soeben die Fingernägel giftgrün, was sie immer macht, wenn Monsieur ein paar Tage verreist, und sie kann es nicht leiden, den Telefonhörer mit frisch lackierten und noch nicht getrockneten Fingernägeln zu halten, weil sie damit unweigerlich in die Haare gerät, und dann kann sie noch mal von vorn anfangen mit der Lackiererei, die Haare haben grüne Lacksträhnen und müssen mit Nagellackentferner entgrünt und dann frisch gewaschen werden, weil der Nagellackentferner so stinkt.

Die Kleine wird nichts dagegen haben, wenn sie ersetzt wird. Sie langweilt sich in Martigues. Barbagelata hat weder sichtbare noch unsichtbare Vorzüge, er ist einfach nur machtbesessen, folglich hat er sie auch im Bett noch nie auf die Idee gebracht, daß da was dran sei, was nur halbwegs die Sache lohnt. Sie wird noch drauf kommen, aber erst Jahre später, im Augenblick hat sie es satt, zur Dekoration hier herumzulungern, das Grüne auf den Fingernägeln ist sozusagen Protest, wenngleich Protest in Maßen, da der grüne Protest zwar grün, aber lackförmig ist. Trotzdem: wenn Barbagelata das sehen würde, könnte sie gleich ihre Koffer packen. Es wäre ihr recht. Martigues stinkt ihr. Martigues im Oktober besonders, mit den Rentnern und mittelalterlichen Holländerpaaren. Die Preziosen des Barbagelata hat sie, wie ihr die Mutter geraten hat, großenteils flüssig gemacht und die Hälfte des Geldes auf die Bank getragen, Credit Lyonnais Marseille, die andere Hälfte spekuliert für sie ein Agent an der Börse, der hat ihr auch den Dow-Jones-Index beigebracht, den sie parat hat und auswendig kann wie die beiden Inspektoren ihre Tischtennisturniere.

Das hat mir Sylvie selbst erzählt, als sie aus Martigues zurückkam, die Mutter der Kleinen: wir sitzen wie immer auf der Esplanade in Montpellier, Sylvie und ich, gerade noch einen Platz gekriegt, bevor die Kongreßleute mit den Namensschildern am dunkelroten Jackett über die Pavillons herfallen, und dann ist der Pot-a-feu alle, bevor wir eine Chance hatten, aber wir sitzen, und Sylvie sagt, grauenvoll. Was? sage ich, weil die Sonne scheint, obwohl es schon Mitte Oktober ist. Ein Kleinkind ist gerade in den Springbrunnen gefallen, herausgezogen worden, und gleich fällt es noch mal hinein, bevor es klatschnaß auf ein Pony gesetzt wird. Schwimmen und Reiten auf einmal. Also was soll jetzt grauenvoll sein?

Der Typ. Martigues. Drei Tage lang Mistral. Die Villa. Alles. Vor allem der Typ. Ein Wind zum Kopfschmerzenkriegen. Länger als drei Tage hält das da keiner aus. Ungefähr unser Alter, der Typ, Kohle ohne Ende und sonst nichts dran. Dreck am Stecken. Soviel ist sicher. Ich hab ihr die Telefonnummer von Robert gegeben. Robert kennt sich aus mit so Sachen.

Was für Sachen?

Wertpapiere und so.

Was für ein Robert?

Das Fleisch war zäher als sonst, die Kongreßleute standen ungeduldig vor den Pavillons und warteten auf freiwerdende Plätze, also habe ich nicht weiter nach dem Typ gefragt. Sonst hätte ich gleich gewußt, daß Sylvies Tochter die Kleine von Barbagelata ist, ich hätte Sylvie gewarnt und ihr geraten, sie für eine Zeit aus Martigues rauszuholen, weil wir Barbagelata umbringen werden. Die Kleine ist natürlich verdächtig. Sobald man ihre Konten und Wertpapiere überprüft, kommt sie unweigerlich in Verdacht.

Angesichts des Weltuntergangs im Burgund draußen erklären sich die Inspektoren im Abteil für außerstande, irgendwelche Nationalparks und Naturschutzgebiete zu inspizieren. Ich halte das Unwetter für einen nationalen Anschlag auf das Eindringen des Rousseauismus in die staatliche Bürokratie, indem man alle drei Inspektoren mutwillig daran hindert, begradigte Flüsse und trockengelegte Sümpfe zu inspizieren, überhaupt Flüsse und Sümpfe zu finden im gesamtnationalen, wenn nicht europäischen Totalschlamm, dem indes der Hauptschuldige bislang entkommen zu sein scheint.

Scheint!

Da steht er nämlich mit dem Muskelprotz von Body-guard und Ex-Chauffeur auf dem Bahnsteig, bis unter die Zähne bewaffnet, und wartet auf den Zug nach Dijon. Als wir durchfahren, langsam, wie es sich gehört, um den Mäusen auf den Gleisen Gelegenheit zu geben, sich unter die Erde zu retten, sehe ich ihre dummen Gesichter.

Der Zug hält heute nicht in Mâcon!

Dies nicht etwa wegen meiner mangelhaften schriftstellerischen Personen- und Zugführung, ganz und gar nicht, sondern er fährt heute ausnahmsweise einmal durch, weil mir angesichts des Riesen neben Barbagelata mulmig wird: das Risiko, daß Viszman etwas passiert und ich Europa allein retten muß, ist mir, ehrlich gesagt, zu groß. Sichtbarlich treibt Viszman keinerlei Muskelsport und ist anderthalb Köpfe kleiner als dieses Monster von einem Leibwächter, der ihn leicht umhusten könnte.

Viszman selbst fürchtet sich offenbar gar nicht. Er fürchtet sich so wenig, daß er es gelassen verschmäht, beim Durchfahren des Bahnhofs von Mâcon überhaupt aus dem Fenster zu schauen und sich seine Opfer mit ihren leeren Gesichtern anzusehen. Selbst wenn er den Riesen gesehen hätte, wäre er furchtlos, nehme ich an.

So wie er vorhin gefragt hat: Vous avez l'heure, Monsieur, muß man Furchtlosigkeit und Souveränität annehmen. Seiner selbst und seiner gesammelten Lebenserfahrung gewiß, hat ein Diderot-Kenner und Kritiker der Zerstörung Europas, der sich seit Jahren (seit er nämlich dem Trotzkismus abgeschworen hat, dieser Jugendsünde) in der Minderheit weiß – umzingelt gleichsam von blanken Schuhen und Uhrwerken allüberall –, hat also ein Einzelkämpfer für den Naturzustand nach der Uhrzeit gefragt, die er doch ablehnt; eine politische Frage selbstverständlich, die Frage selbst eine Losung; das Ergebnis der Befragung wie erwartet: der Rousseauismus hat sich durch Bürokratie korrumpieren lassen.

Daher die Müdigkeit um die Augen. Lebenserfahrung. Einsamkeit. Furcht hingegen und infolgedessen: keine.

Mir aber ist um Viszman etwas bange, wenn ich auf dem Bahnsteig Barbagelatas Muskelprotz sehe, der sogar die Regeln der Perspektive außer Kraft setzt, indem er nicht kleiner wird, als der Zug weiterfährt, an ihnen vorbei und durch den Bahnhof durch und weiter. Barbagelata wird kleiner, wie es die Optik von ihm verlangt, aber der Riese wächst über die Strommasten hinaus.

Mein lieber Viszman, dem wären wir nicht gewachsen. Männliche Furchtlosigkeit in Kombination mit weiblicher Realitätstüchtigkeit ist unschlagbar.

Ich bin froh, daß wir nicht angehalten haben.

Die Inspektorin ist wach geworden und bietet reihum wieder Kaugummi an, um sich selbst den Schlafgeschmack aus dem Mund zu vertreiben. Natürlich hätte sie auch ihrem Erzfeind Kaugummi angeboten, sogar dessen Handlanger hätte ein Kaugummi bekommen, Viszman lehnt wieder ab, auch für mich, nein danke (das Ablehnen eines Kaugummi-Angebots im Sinne diderotscher Kritik an der Kolonialisierung der Welt).

Hunger kriege ich langsam, vor allem Durst, Bahnfahren macht schrecklich durstig, blödsinnigerweise habe ich extra wegen dieser Schweizerinnen die Minibar abgeschafft, obwohl sie längst freiwillig ausgestiegen sind.

Als ob die Minibar sie daran gehindert hätte, nach Bern zu fahren, wo ein Obst- und Gemüsegroßhändler sich wenig für die durcheinandergebrachte Buchhaltung interessiert, die seine Frau schon in Ordnung bringen könnte, wenn da nicht Schlimmeres wäre, das die Buchhaltung zur Bagatelle macht: massenhaft Ärger, diesmal nicht mit der Transportgewerkschaft, die ihrerseits ins Schwimmen geraten ist durch die Unwetterkatastrophe, sondern weil jeglicher Obst- und Gemüsegroßhandel zum Erliegen gekommen ist beziehungsweise ertrunken auf der untergegangenen Autobahn. Bern selbst ist zwar nicht betroffen, überhaupt ragt die Schweiz aus der Angelegenheit vorbildlich oben heraus, insbesondere mit ihren Alpen, das Matterhorn ragt sogar in beneidenswert blauen Himmel hinein; trotzdem kann das hervorragende Hotel sein vorzügliches Müsli ab morgen nur noch mit Dosenobst reichen, weil die Versorgung zusammengebrochen ist. Zählen Sie schon mal das Kirschkompott.

Ein berner Obst- und Gemüsegroßhändler rauft sich die Haare und wartet nun doch mit einiger Unruhe auf seine Frau, die ihm heute abend, wenn die Kinder früh im Bett sind, weil morgen die Schule anfängt, ausrechnen wird, ob er zur Stunde noch Großhändler ist oder bereits bankrott, sämtliche Lkws sind überhaupt nicht angekommen, sondern stehen quer auf der Autobahn. Was da an Fracht vergammelt. Nicht auszudenken.

Minibar! Keine im Zug. Ein Gespräch nicht nur über die notorische Über- oder Unterheizung der Zugabteile, sondern auch über Durst und Hunger, die Nichtbefriedigung menschlicher Grundbedürfnisse, ein zentrales europäisches Thema im Sinne Diderots mit Hinweis auf die Zustände in Tahiti und insbesondere in den SNCF-Einrichtungen zwischen Montpellier und Metz, wäre fällig statt eines Kaugummis, den drei korrupte Naturzuständige mit Sicherheit auch unserem Erzfeind und Weltzerstörer angeboten hätten, säße er jetzt im Abteil; schon deshalb habe ich ihn nicht einsteigen, sondern stehenlassen: es wäre mir unangenehm gewesen, mit ansehen zu müssen, wie sich der Rousseauismus im Laufe zweier Jahrhunderte in blankes Kriechertum verkehrt und verwandelt hat, bloß weil sämtliche Inspektionsbeamte einmal jährlich eingeladen werden in eine Villa am Mittelmeer und sich durch eine – zugegebenermaßen phänomenale – Bouillabaisse zum Schweigen bringen lassen. Denn soviel ist klar: nützt die Veröffentlichung der mit bloßem Auge aus dem Zug heraus erkennbaren Mißstände in den Naturparks, in der Natur überhaupt, diesem Barbagelata, dann nützt ihm ein Verschweigen der Mißstände, förmlich eine unverfrorene Leugnung geradezu angesichts ihrer Unübersehbarkeit, erst recht und noch sehr viel mehr, insofern als Barbagelata von der Zerstörung Europas und Tahitis stillschweigend heimlich im dunkeln profitiert. Und keiner sagt was.

Der Frau eines Obst- und Gemüsegroßhändlers müßte man auch einmal etwas sagen: nämlich daß ihre vorgeblich beste Freundin Doro sie nicht nur mißbraucht hat als Alibi-Pyrenäen-Touristin, sondern durch ihre gefährliche Liebschaft mit dem konstanzer Kontaktmann gewissermaßen indirekt mitschuldig ist am Ruin der berner Firma. Daß der Pharmavertreter seit Jahren tatkräftigen Einsatz für die Betonierung des Bodensees und sämtlicher Flüsse um Konstanz herum leistet, müßte man ihr einmal sagen (ungeheure Mengen Beton sind dafür erforderlich; die erwähnten Kontakte Barbagelatas zur Immobilien- und Baubranche überprüfen!), wenn sie in ihrer Biederkeit nicht selbst dahinterkommt, sondern glaubt, ihr Ruin kam vom Himmel und von der ertrunkenen Autobahn, ohne zu ahnen, wie erfolgreich der Strohmann bei der Knüpfung des bekannten, wenngleich verschwiegenen, daher unsichtbaren internationalen Netzes war, eines feingesponnenen Nylonnetzes zwischen Industrie, Betonierbranche und Barbagelata. Deshalb fährt er so viel herum.

Das müßte man ihr einmal sagen. Dann nämlich ginge das anstehende Verfahren in Sachen Sorgerecht für die beiden Kinder wohl anders aus, als es ausgehen wird, wenn der Südtiroler weiterhin nichts als das lahme Argument ins Feld führt, die Kinder sollten von der nachweislich gemeingefährlichen, da messerstechenden, Hinterräder aufschlitzenden Doro weg und in der Pestalozzi-Stadt Yverdon in Sicherheit gebracht werden, einen groben Abriß der Pestalozzi-Pädagogik sowie einen Besuch des ehemaligen Pestalozzi-Kindererziehungsheims hat ihm die Organistin ohne allzuviel Engagement vermittelt; sie will die beiden bestehenden Kinder eigentlich nicht, die ewig nur schlecht gelaunt sind, wenn sie sonntags nach Yverdon kommen, in die Orgelkonzerte setzen sie keinen Fuß, sondern warten, bis es vorbei ist, vor der Glotze; die Organistin will allmählich selber welche, also eigene Kinder, also gelungene Kinder. Sie wird sich wundern, aber warum sollte sie sich nicht wundern, warum sollte die Technik der Personenführung nur Schriftstellerinnen ein Rätsel sein und nicht auch einmal einer Organistin?

Über Châlon kreisen Hubschrauber, um sich den Untergang einer Stadt von oben anzuschauen. Viel mehr können sie höchstwahrscheinlich nicht tun.

Doros Freundin, anstatt den offenliegenden Zusammenhängen einmal nachzugehen, wird mit der Mittleren morgen zum Zahnarzt gehen; die ganze Familie geht demnächst noch einmal zum Zahnarzt, weil man nicht weiß, ob die Privatkrankenkasse auch weiterhin großzügig alles erstatten wird nach der Pleite; aber: erst einmal das Konkursverfahren hinter sich bringen und sich dann um die Kasse kümmern, vorher alle noch einmal zum Zahnarzt schicken, den Zahnarztbesuch als jährliche Routineuntersuchung erscheinen lassen, möglichst normal wirken, sich nichts anmerken lassen, die Fassade wahren, solange nicht heraus ist, ob uns das Haus überhaupt noch gehört, die elektrische Sprenganlage, die diesjährigen Blattläuse und Dahlien.

Unser Verteidiger hätte uns lieber unschuldig. Fraglos: er sympathisiert mit den Attentätern Barbagelatas, natürlich wäre er zur Not auch bereit, unseren Mord zu verteidigen, nur müßte seine ehemalige Notwehrlinie dann um ein weniges verändert werden mangels Sexualdelikt, aber Notwehr gegen den Straftatbestand der Weltzerstörung ist selbstverständlich mindestens ebenso angebracht und längst überfällig, und letztlich, so unser Verteidiger, kann Europa froh sein, daß diese Notwehrhandlung von zwei Radikalindividualisten begangen wurde, bevor die durch Barbagelata in erster Linie Geschädigten und ins Elend Gestürzten, nämlich die Opfer seiner gnadenlosen Immobilienspekulation, Legionen von Obdachlosen, sich zum Kampf gegen ihn verbündet hätten. Angesichts der Zahlen, die der Anwalt präsentieren kann, wobei er zum Zeichen seiner Besorgnis die Brille etwas vorschiebt, während er die Zahlen aus seinem Dossier hervorsucht, angesichts der Obdachlosenzahlen also, 50 000 allein in Paris, läßt sich zweifelsfrei feststellen, daß Viszman und ich einer drohenden Revolution, einem gigantischen Sicherheitsproblem, durch die Ausschaltung des Urhebers allen Elends zuvorgekommen sind: ein Akt sozialer Notwehr im Sinne der inneren Sicherheit der zur Europäischen Union zusammengeschlossenen Staaten, zumal ein Aufstand der gesamteuropäischen Wohnsitzlosen unberechenbar und daher ein Sicherheitsrisiko erster Größenordnung wäre: Anarchie.

Den Richter, der von seiner Sekretärin für einen KGB-Fall mit Literatur aus der Leihbücherei versorgt worden ist, einen zweiten Fall Mercader, kann unser Anwalt mit einer solchen Rede spielend herumkriegen; der Richter hat Angst vor dem KGB, sämtliche Geheimdienste sind ihm suspekt, KGB, CIA, damit will er lieber nichts zu schaffen haben. Gewaltig schreckt ihn zudem die Drohung mit Anarchie und den Heerscharen Obdachloser, weil er seinerseits gerade kürzlich durch eine Erbschaft seiner Frau in den Besitz zweier Mietshäuser gelangt ist; bei Durchsicht der Unterlagen, die ihm die bisherige Hausverwaltung übergeben hat, ist ihm aufgefallen, daß die Mieten seit Jahren nicht ordentlich angehoben worden sind, er hat sich bei einem Kollegen den Mietspiegel geholt und einmal – alles im Rahmen, alles gesetzlich zulässig selbstverständlich – kräftig aufgeschlagen, besonders in den Läden Parterre, nachdem ihm klargeworden war, daß der Mietspiegel für gewerbliche Nutzung nicht gilt, seitdem zahlt unten links die Familie gar keine Miete mehr, und der Kinderladen droht damit, Putz zu machen; der Richter hat die Zwangsvollstreckung eingeleitet, obwohl seine Frau ihn darauf aufmerksam gemacht hat, daß die zwei Häuser rechtmäßig ihr gehören, es hat eine Auseinandersetzung zwischen dem Richter und seiner Frau über die Frage ehelichen Eigentums und der Gütertrennung gegeben, die den Richter nicht nur gegen seine Frau, sondern vor allem gegen jene Familie aufgebracht hat, die jetzt gar keine Miete mehr zahlt, gegen den Kinderladen sowieso, weil er das Treppenhaus im Laufe der Jahre so versaut hat, daß man es renovieren müßte. Alle sind aufsässig, alle sind gegen ihn, und die Vorstellung, daß seine eigene Frau, ein gekündigter Kinderladen sowie jene Familie, die demnächst zu anarchistischen Obdachlosenzirkeln gehören wird, sich nicht nur gegen Barbagelata (glücklicherweise ist er tot), sondern gegen jeden verbünden, der im Rahmen des Mietspiegels die Mieten anhebt, diese Vorstellung bewegt ihn dazu, unsere Tat für verdienstvoll zu halten, wenn sie denn tatsächlich den Aufstand verhindert haben soll, wie unser Anwalt behauptet.

Der Richter ist, wie gesagt, keine Gefahr für unseren Anwalt und seine neue soziale Notwehrlinie im Sinne einer Stabilisierung der inneren Sicherheit in der EU. Der wunde Punkt ist vielmehr die Staatsanwältin, die das Strafgesetzbuch auswendig gelernt zu haben scheint, so schnell weist sie unserem Verteidiger nach, daß das alles ja schön und gut sei, Notwehr gegen den Straftatbestand der Weltzerstörung, aber, lieber Herr Kollege, lesen Sie uns doch den Straftatbestand einmal vor. Wie sagten Sie gleich, Paragraph ...?

Da liegt der Hase im Pfeffer, sagt der Verteidiger.

Er hätte uns lieber unschuldig. Oder, wenn schon nicht unschuldig: als Ex-Maoist, der sich bislang von kleinen Fischen ernährt hat und seinerseits in einer überteuerten Dreizimmerwohnung wohnt, billigt er zwar die Tat, dennoch hätte er gern einen Freispruch mangels Beweisen statt eines Notwehrdelikts gegen einen Paragraphen, den es nicht gibt.

In der Nähe von Beaune weitere Militäreinsätze. Der Regen ist dicht und stürmisch, die Wasserfläche, unter der der diesjährige Burgunder verkommt, ist braun; im Sturm schwanken Hubschrauber, sie gondeln tolpatschig hin und her, um womöglich die Autobahn zu evakuieren, aber bei dem Sturm ist es aussichtslos. Sobald einer die Strickleiter, die ihn evakuieren soll, zu fassen bekommt, hat der Sturm sie schon weggerissen.

Die Inspektoren werden ihre Mission in Dijon aufgeben und mit der Hauptverwaltung telefonieren müssen, die aber zur Stunde keine Anweisungen erteilt, bevor nicht das Ausmaß der Naturkatastrophe abgeschätzt werden kann, dazu brauchen wir heute abend die Nachrichten, vor allem den Wetterbericht.

Ich neige dazu, dem Verteidiger zuzustimmen, wenn auch aus völlig anderen Gründen, ihm geht es nämlich, so durchsichtig ist die Sache, um die Karriere, die Dreizimmerwohnung ist nicht nur teuer, sondern einfach auch überfüllt und zu klein, und seine Frau ist schwanger. Ein Freispruch im Fall Barbagelata wäre ihm lieber, als bei aller Sympathie mit den Tätern wegen des im Strafgesetz fehlenden Tatbestandes der Weltzerstörung von der Regionalpresse eins drauf zu kriegen, während die Weltpresse einen solchen Trottel von vornherein ignoriert und gleich gar keine Berichterstatter zum Prozeß geschickt hat; nachtragend, wie Frauen sind, wird seine Frau ihn lebenslänglich mit der Affäre Armani traktieren, wegen der schon die Anwaltskammer über ihn lacht, während die Täter lebenslänglich gekriegt haben und im Gefängnis sitzen. Und er kann wieder zurück zu seinen kleinen Fischen und in dem Dreizimmerloch bleiben.

Meinem Verleger könnte es so passen, daß ich hinter Gitter komme. Der Verleger drängt Viszman und mich sanft, aber doch unmißverständlich, uns noch heute abend im schöneberger Polizeirevier zu stellen. Seine Rechnung ist einfach: ein Schauprozeß, zur Not als Polit-Spektakel getarnt (Leidenschaft wäre ihm lieber, weil er verlegerisch auf Belletristik setzt und nicht auf Sachbücher, was er sich manchmal vorwirft, wenn er bedenkt, daß als Sachbücher im weiteren Sinne auch Kochbücher, Reiseführer, Steuerratgeber gelten), spektakuläre Verurteilung der Einzelkämpfer, sodann: die Angeklagten verschwinden im Knast, wo seine Autorin viel Zeit haben wird, sehr viel Zeit, da eine Begnadigung erst unter dem übernächsten Bundespräsidenten ansteht, im Augenblick wird an anderen Amnestien gestrickt, vorhersehbar wird die augenblickliche Amnestierung noch zwei, drei Jahre benötigen, bis alles vergessen ist und alle Akten im Reißwolf verschwinden, und danach wird es noch einmal etwas dauern, also hat die Autorin Zeit. Als Titel denkt er sich: «Mord für Europa». Viszman ist ihm egal. Viszman soll sich seinetwegen auf die Schachweltmeisterschaft vorbereiten, dafür hat er dann reichlich Zeit.

Wir haben beide Zeit. Uhrlos, wie wir sind, haben wir alle Zeit der Welt, mit oder ohne Knast.

Ich bin für ohne Knast.

Ein Blick auf Viszman, wie er an der Gangtür sitzt, lesend, als ob ihn seine drohende Verurteilung zu lebenslänglichem Zeithaben nicht bekümmern würde. Ohne weiteres zu einem Eisenbahnmord bereit, um den Naturzustand auf Tahiti wiederherzustellen und das untergegangene Europa rückwirkend doch noch zu retten, einer der wenigen denkenden Menschen zweifellos, aber was dann? Schon immer hat es Intellektuelle wie Viszman hin und wieder zu impulsiven Taten gedrängt, hinaus aus dem Gefängnis der Einsamkeit des denkenden Menschen, diesem Kerker in Freiheit, der Melancholie; jeder denkende Mensch wünscht sich einmal den Ausbruch aus dem Kerker des selbstauferlegten freien Denkens in eine Tat, ein Abschütteln der Melancholie und Müdigkeit um die Augen durch einen Akt zur Beseitigung jeglicher Unfreiheit, Obdachlosigkeit und Naturkatastrophe. Sofort. Ein Mord muß her. Ein Mord an Barbagelata.

So denkt er sich das. Aber selbst wenn die drei Inspektoren vor Gericht tatsächlich schwiegen, woran man zweifeln muß, da sie von den Idealen Rousseaus zur Kaugummikultur der Weltkolonisatoren übergelaufen sind und je eine Dose Coca-Cola besitzen, selbst wenn die drei schwiegen – Viszman ist offenkundig nicht klar, daß man uns so oder so schnappen wird, weil sein Erste-Klasse-Fahrschein nach Besançon und meine Karte bis Metz im internationalen Computernetz der SNCF registriert sind, zu dem jeder Geheimdienst der Welt freien Zugang hat. Sehr häufig nämlich vergißt so ein Intellektueller, wenn er sich Luft machen muß durch eine rettende Tat, daß eine solche Tat Folgen hat, und sosehr ich mit ihm übereinstimme in der Frage der Notwendigkeit, Barbagelata zur Strecke zu bringen, so sehr muß ich davon abraten, uns dabei selbst zu gefährden oder erwischen zu lassen.

Da wir alle Zeit der Welt haben, brauchen wir nichts, aber auch gar nichts zu überstürzen.

In Beaune kommt der Schaffner zum Kontrollieren, und diesmal schaut er sich eingehend meinen Minirock an. Die Inspektorin fragt nach Verspätung. Im Augenblick keine, sagt der Schaffner.

Meinetwegen soll er sich diesen Minirock merken für alle Zeiten, er kann seine Frau als Nonne verkleiden oder ins Badezimmer einschließen, damit niemand ihre schönen Beine zu sehen kriegt, er kann ihr mit seiner Eifersucht Magenprobleme machen und ein Zwölffingerdarmgeschwür, solche Geschwüre kommen keinesfalls, wie er denkt, von dem anderen Essen, das sie ihm neuerdings kocht (einmal der Verdacht, sie hätte ihm etwas ins Essen getan, um ihn loszuwerden, er ißt und ißt und ißt wie verrückt und wird immer dünner davon), diese Geschwüre kommen vom Streß. Es ist nämlich Streß für die schöne Korsin, ein gewisses weißes Stretchkleid, eine winzige weiße Stretchröhre, die kaum bis über den Po reicht, immer genau dann nicht anzuhaben, sondern in Trainingshosen, Kartoffelsäcken oder Bermudas zu stecken, wenn der Mann nach unregelmäßigem Dienstplan unregelmäßig nach Hause kommt. Den Dienstplan gibt er ihr nicht: er möchte sie in flagranti erwischen. Daher der Streß, daher die Magen- und Darmgeschwüre der Korsin, die eines Tages ihrem Mann weglaufen wird, weil er sie fertigmacht mit dem Verdacht, sie hätte es mit dem Filialleiter vom Supermarkt, den sie überhaupt gar nicht kennt, aber wenn er sie nun schon monatelang mit dem Filialleiter fertigmacht, schaut sie sich den mal an, und er hat gegen ein Geplänkel mit Stretchröhre nichts einzuwenden.

So wird es kommen.

Mein Minirock hingegen kommt nicht vor Gericht, weil ich besonnen genug war, Viszman eine Überstürzung auszureden.

Messieurs Dames, sagt der Schaffner und schließt die Tür.

Ich habe kalte Füße.

Viszman eröffnet unser Gespräch. Er sagt: Quel beau temps.

Ein Satz von verschwiegener Hintergründigkeit, Doppeldeutigkeit geradezu. Die Inspektoren mißverstehen ihn prompt und sagen, scheußlicher Regen, weil sie denken, er spräche vom Wetter, das in der Tat eine schöne Bescherung ist, eine von Barbagelata angerichtete Welt- und Oktoberbescherung mit Hubschraubern darin, die keine Chance haben, bei diesem Wind die Leute aus ihren untergegangenen oder vom Sturm abgedeckten Häusern zu retten. Das Militär ist ohnmächtig angesichts des ruckhaften Anstiegs der Obdachlosenziffer.

Noch ist der Zug pünktlich.

Was für eine schöne Zeit, hat Viszman gesagt, und wie er vorhin die Uhrenbesitzer entlarvt hat mit seiner Frage, vous avez l'heure – als könnte man im Besitz der Zeit sein, Zeit in seinen Besitz bekommen –, hat er sie jetzt endgültig überführt, das zentrale Problem der Zeit, Zentrum jedes kulturkritischen Denkens, jedes Denkens an sich, jedes konsequenten Antikapitalismus im Sinne der Enzyklopädisten mit oder ohne trotzkistischer Jugendsünde, dieses Problem so gedankenlos zu behandeln, als spräche man übers Wetter, wo dieser ironische Satz doch unmißverständlich eine Botschaft, eine Aufforderung geradezu enthält, denn was anderes sagt er als: diese Zeit, diese zugerichtete, zerhackte, verstümmelte Zeit mit den bekannten Auswirkungen auf die unter ihrem Diktat sich verstümmelnden Menschen, diese grauenvolle Zeit also kann nicht als schön empfunden werden, wenngleich der Begriff «schöne Zeit» sagbar und also denkbar ist als: das Paradies des wiederhergestellten Naturzustands, dieses rohen und wilden Zustands des Menschseins, der – Tahiti hin, Tahiti her – schlechterdings die Abschaffung jeglicher Zeit verlangt, die schöne Zeit ist die abgeschaffte Zeit, in der allerdings die Fahrpläne der SNCF mit Sicherheit durcheinandergeraten werden, aber sollen doch die Bahnen in einer schönen Zeit getrost einmal unpünktlich sein. Solle doch niemand denken, der Sturm der Obdachlosen Europas auf Barbagelatas Hauptquartier in Martigues werde die Fahrpläne unangetastet lassen.

Barbagelata mitsamt Chauffeur und Mobiltelefon hat in Mâcon schließlich umkehren müssen, weil der Zug zwar pünktlich war, aber leider nicht anhielt. Den Volvo aus der Tiefgarage holen, bevor das Wasser hineinläuft (Tiefgaragen sind bei Weltuntergang unzweckmäßig). Schließlich kann man Waffengeschäfte und Betonverkäufe in Sachen Bodensee- und sonstiger Begradigungen auch schriftlich, am besten per Fax, besorgen.

Wie es aussieht, kann seine Kleine heute abend noch ihre Koffer packen wegen der grünen Fingernägel, die Barbagelata nicht ausstehen kann, Sylvies Tochter ist raus aus der Villa dank einer glänzenden Personenführung, die Sylvie eine Menge Ärger erspart: eine Prüfung der Konten und besonders der Wertpapiere von Sylvies Tochter würde dummerweise ein paar Unregelmäßigkeiten ans Licht bringen, für die die Kleine an und für sich nichts kann, es war dieser Börsenrobert, der sie ihr eingebrockt hat, und Sylvie kommt arg in die Klemme, weil sie offenbar in Robert verliebt ist.

Sylvie ist eine Frau und hat einen typischen Frauenfehler gemacht mit ihrem Robert, der weiter nichts ist als ein kleiner Börsenhalunke mit Augen, an denen man schon von weitem erkennen kann, daß er hinreißend und ein Gauner und weiter nichts ist, und natürlich hat Sylvie den Gauner nicht sehen wollen und nur für das Hinreißende einen Blick gehabt, sich hinreißen lassen und einen Halunken sich schöngeguckt, was an sich nicht tragisch wäre, wenn sie es nicht mit ihrer Schönguckerei übertrieben und sie am Ende noch selbst geglaubt hätte: sonst hätte sie diesen Robert wohl kaum an die Geldgeschäfte der Tochter herangelassen, zumal sie Barbagelata genau angesehen hat, was ihr bei Robert entgangen ist: Dreck am Stecken.

Es ist immer ein wenig unangenehm, wenn eine Frau um die Vierzig sich hemmungslos ihren Trieben überläßt, obwohl andererseits die Nichtbefriedigung menschlicher Grundbedürfnisse, männlicher, weiblicher Grundbedürfnisse ein zentrales Thema wäre; Sylvie hätte schon Lust, sich langsam darum zu kümmern, zumal: die Tochter ist endlich groß und aus dem Haus. Unklar ist, warum die heutigen Kinder so lange an ihren Müttern kleben, Sylvie hat halbwegs Gewalt anwenden müssen, um ihre Tochter loszuwerden; wenn es nach der Kleinen gegangen wäre, hätte sie noch in fünf Jahren an ihr geklebt und sich mit ihrem Nagellack die Fingernägel lackiert, ihre Pullover ungefragt angezogen und anschließend nicht gewaschen; immer wenn Sylvie einen Pullover aus dem Schrank nehmen wollte, war er entweder nicht drin, oder er war drin, aber ungewaschen hineingestopft, verqualmt und mit Flecken, den grauen Seide-Angora-Pullover hat sie wegschmeißen können, weil ein Loch reingebrannt war, und als Sylvie ihr den Pullover vorhielt, hat die bloß die schwarz gemalten Augenbrauen über den schwarz umrandeten Kajal-Augen hochgezogen und war für den restlichen Tag beleidigt, eingeschnappt (den Stift hat sie aus dem Spiegelschrank links im Bad, wo er hingehört, aber nie mehr wiedergefunden wurde, weil schließlich Frauen zwischen Dreißig und Vierzig, gegen Vierzig vor allem, sowieso kein Schwarz um die Augen malen sollten, das betont nur die Krähenfüße, findet die Tochter). Am Abend ist sie abgerauscht mit Sylvies Wagen und hat diesen Typ aufgetan, diesen Barbagelata, den ihre Pampigkeit amüsiert hat. Trotzdem wäre sie bei der Mutter wohnen geblieben, aus reiner Bequemlichkeit, wenn Sylvie nicht auf Herausgabe ihres Kajal-Stifts sowie der Autoschlüssel und -papiere und verschiedener anderer Wertsachen bestanden und zudem zum ungezählten Mal von der Tochter ultimativ das Erlernen eines Berufes verlangt hätte, irgendeines Berufs eben, welche zudringliche Forderung die Tochter endgültig davon überzeugt hat, daß ihre Mutter die Wechseljahre ereilt haben, was sie ihr unverzüglich ins Gesicht sagt: Übergeschnappt.

Es wird Sylvie nicht gefallen, wenn sie heute abend ihre Tochter grünlackiert wiederbekommt, aber natürlich fährt die Kleine schnurstracks nach Hause, und dann fängt alles von vorne an: das Herumlungern, schlecht gelaunt; der Kajal ist verschwunden mitsamt den Autopapieren.

Der Inspektor links neben mir wird das Weihnachtsfest wie immer mit seiner Familie verbringen, die aus sage und schreibe zweiundfünfzig Personen besteht, den neun Geschwistern des Inspektors sowie den Eltern und den insgesamt siebenundzwanzig Kindern der zehn Geschwister und –

Ich will es nicht wissen! Bitte nicht!

In der Toilette eine leichte Übelkeit, eine Panik im Magen, infolge des Hungers, infolge der unerträglichen Vorstellung, weitere zweiundfünfzig Personen führen zu müssen, zweiundfünfzig Personen. Demnächst stehen Kommunalwahlen an. Zweiundfünfzig Personen führen zu müssen, das heißt: für vierunddreißig Personen (die achtzehn Minderjährigen abgezogen) nicht nur zu wissen, wo sie das Kreuzchen machen, sondern auch noch warum; eine leichte panische Übelkeit, Durst: Eau non potable, untrinkbares Zugwasser anstatt eines weißen Whiskys, jede einzelne dieser zweiundfünfzig Personen in ein Leben zu stekken ist schriftstellerisch ein Alptraum, dazu eine Obdachlosenziffer, die trotz des Militäreinsatzes von Minute zu Minute steigt; dazu Sylvie, die sich schön bedanken wird, wenn ich ihr die Tochter ausgerechnet heute abend nach Hause schicke, wo sie mit Robert verabredet ist.

Ich sollte mich nicht um die Kommunalwahlen kümmern, sondern meine Verabredung mit Viszman planen, schließlich haben wir das Attentat in Martigues durchzusprechen und neu zu bedenken. Die Kommunalwahlen kommen später. Vielleicht fallen sie sowieso aus, wenn Europa erst von Barbagelata und der Obdachlosenziffer befreit ist.

Es liegt nahe und wäre reizvoll, in Viszmans Wohnung zu konspirieren. Thionville liegt schließlich auf halbem Weg nach Berlin, ich könnte von Dijon telefonisch den Winterfeldtplatz vertagen, was sind Termine anderes als verstümmelte Zeit. Meine Mutter wird das Hühnerfrikassee einfrieren, das sie gekocht hat für heute abend, vielleicht hat sie es auch beim letztenmal schon gekocht und jetzt bloß aus der Tiefkühltruhe genommen, dann soll sie die Nachbarn einladen, auch wenn mein Vater die Nachbarn nicht leiden kann, weil er sie im Verdacht hat, in den Mülltonnen herumzuspionieren, irgend jemand wirft allen Müll unsortiert in eine beliebige Tonne, wenn nicht sogar gezielt falsch sortiert, und natürlich ist es mein Vater, der sich zwar von meiner Mutter die Schuhe aussuchen läßt, aber als fortgeschrittener Antikommunist gegen jegliche staatliche Gängelung protestiert, indem er Flaschen in den Papiercontainer wirft und Zeitungen in den Haushaltsmüll; aber angetautes Frikassee soll man nicht wieder einfrieren, also wird mein Vater die Zähne zusammenbeißen und Unschuld und Weinkennerschaft heucheln, wenn die Nachbarn das Etikett auf der Weinflasche auswendig lernen, als ginge es um die Scheurebe, und in Wirklichkeit wollen sie sich nur die Flasche merken, falls sie morgen in der verkehrten Tonne liegt, und dann haben sie ihn überführt, wenngleich sie ihm nicht auf der Stelle den Prozeß machen können, weil sie gerade erst gestern zum Frikassee eingeladen waren. Er wird ausnahmsweise zur Irreführung der Nachbarn die Scheurebenflasche in den Flaschenmüll tun und sich bei meiner Mutter nicht beklagen, wenn sie weg sind, weil meine Mutter nicht ahnen soll, daß sie mit einem aktiven Müllsünder und Einzeltäter das Leben teilt, und sie ahnt auch nichts von seinen heimlichen Freiheitsideen – wenn sie nicht mit im Auto sitzt, fährt er leicht hundertachtzig.

Von Dijon aus anrufen und die Stillegung des Bahnverkehrs melden, auch dem Verleger natürlich, der ganz vergessen hat, daß wir morgen am Winterfeldtplatz ägyptische Bohnen essen, weil er unangenehme Termine am liebsten vergißt, ich höre, wie er aufatmet, sobald er den Hörer aufgelegt hat. Es hat keinen Sinn, dem Verleger im jetzigen Stadium schon von dem Mord zu sprechen. Er wird sich noch früh genug freuen.

Meine Eltern brauchen weder vorher noch nachher davon zu wissen, sie würden sich nur erschrecken. Da wir die Sache mit Bedacht angehen und von Thionville aus planen, werden wir keine Spuren hinterlassen. Niemand kommt darauf, daß wir in Thionville sind, da bekanntlich Viszmans Fahrkarte erster Klasse nach Besançon ausgestellt ist, meine nach Metz zweiter Klasse, der Schaffner erinnert sich an gar nichts, und die Überprüfung der SNCF-Buchungen durch den KGB und den CIA entfällt, weil wir nicht so dumm sind, einen Eisenbahnmord zu begehen und uns erwischen zu lassen.

In einigen Minuten erreichen wir Dijon-Ville, Sie haben Anschluß nach. Die Inspektoren steigen aus. Der Zug hat Aufenthalt, der Weltuntergangsregen nieselt nur noch, das Militär in Gestalt zweier junger Soldaten kümmert sich nicht um die Obdachlosen, sondern albert an der Bahnsteigkante herum, weil es ab heute abend wieder in der Kaserne ist und dort nicht herumalbern darf: ein Keksautomat, ein Getränkeautomat, die vorläufige Befriedigung der menschlichen Grundbedürfnisse bis Metz ist sichergestellt, die Inspektoren und ihre Familienangehörigen sind auf der Rolltreppe verschwunden.

Viszman telefoniert. Natürlich telefoniert er nach Besançon, daß man ihn nicht erwarten soll heute abend, die Fahrpläne sind zusammengebrochen, das Paradies findet statt, Diderot hat zu Unrecht an der Wiederherstellung des Naturzustandes gezweifelt, der Naturzustand wird wiederhergestellt, auch wenn das in Besançon, dieser Uhrenstadt, diesem Zentrum der Zeit, niemand glauben will, natürlich versteht man in einer Stadt wie Besançon nicht, daß die Zeit abgeschafft werden muß, um schön zu sein, in Besançon wird das Unheil hergestellt, die Stadt bereichert sich an der Produktion europäischen Unheils, es ist siebzehn Minuten nach zwei, ich würde auch gerne telefonieren, aber es gibt nur die eine Telefonzelle, in der Viszman mit Besançon verhandelt, ich bleibe diskret außer Hörweite, obwohl ich den polnischen Klang gern hören würde in seiner Stimme, ein ganz leiser polnischer Ton in einem ansonsten fließenden Französisch, das natürlich nicht überfließt wegen des gelebten Lebens, dessen Geheimnis ein denkender Mensch klugerweise bei sich behält, anstatt es herauszutrompeten, Geschwätzigkeit liegt Viszman fern, wie er in der nieseligen Telefonnische steht und sich jetzt eine Zigarette anzündet, den Hörer zwischen Ohr und Schulter geklemmt, Besançon scheint Schwierigkeiten zu machen, wogegen man als lebenserfahrener Mann am besten stillschweigend anraucht, eine Uhrenstadt sieht es begreiflicherweise nicht gern, wenn die Zeit abgeschafft wird, unterdessen warte ich in angemessenem Diskretionsabstand, Viszman wirft mir Blicke zu und gelegentlich einen Satz in den Hörer, jeder Satz wird offenbar mit einer Gegenrede bedacht und beantwortet, gegen die wieder angeraucht werden muß, während die Viszman-Blicke mich nicht allein um Geduld dafür bitten, daß ich im Regen stehen und Schokoladenkekse essen muß, sondern geradezu um Verbündung gegen ein uneinsichtiges Zentrum des Unheils, das wortreich, um nicht zu sagen, penetrant geschwätzig, auf ihn einredet und ihm das Paradies auszutreiben versucht, mein Gegenblick ist voller Verständnis für seine Lage, ein solidarischer Blick, Viszman lächelt, was Besançon nicht zum Schweigen bringt. Schokoladenkekse sind scheußlich, wenn man seit Montpellier nichts gegessen hat, von Befriedigung menschlicher Grundbedürfnisse im Sinne Diderots kann nicht die Rede sein, von Nachgiebigkeit in Besançon kann nicht die Rede sein, von einem Telefonat meinerseits kann demnächst auch nicht mehr die Rede sein, weil der Zug zwar Aufenthalt hat, aber doch nur bis drei nach halb drei; Viszman, der seit Avignon nichts gegessen hat, wird keine Zeit für den Keksautomaten haben, Schokoladenkekse werden geteilt werden müssen.

Die Nachbarn, die immer im Müll spionieren, werden die Scheurebenflasche morgen im Papiermüll finden, weil meine Mutter nicht weiß, daß sie sie zum Hühnerfrikassee einladen soll, und als sie sie schließlich einladen will, weil in Metz die Fahrpläne immer noch durcheinander sind, haben sie sich schon fürs Kino entschieden, gebadet und angezogen und bedauern. Zwar können die Nachbarn am nächsten Tag nicht beschwören, daß es mein Vater war, der die Flasche in den Papiermüll geworfen hat, aber sie haben ihn stark im Verdacht, weil in der Einladung meiner Mutter Frikassee vorkam, und dazu paßt kein Rotwein.

Die beiden Soldaten sind eingestiegen, Viszman schaut nach der Bahnsteiguhr und macht eine müde Schulterbewegung, resigniert, weil Besançon unnachsichtig seine Anwesenheit reklamiert, der Zug will weiter, ein paar Sonnenstrahlen glitzern auf alten Dächern, Viszman hängt ein und schnipst den Rest seiner Zigarette mit dem Daumen in eine Pfütze, bei aller Resignation eine trotzige Männerbewegung, aus Verärgerung hätte er fast seine Telefonkarte vergessen, sie piept aber.

Das Abteil ist leer. Eine Wohnung in Thionville wartet auf Konspiration. Natürlich macht mir Thionville zu schaffen. Besançon ist vorerst bewältigt, obwohl es ein schönes Stück Mühe war. Viszmans Wohnung wird sicherlich kein Problem sein, schon wegen der vielen Bücher an den Wänden. Wohnungen mit Büchern sind in der Regel ohne die Verlegenheit betretbar, die Wohnungen ohne Bücher bereiten. Viszman stellt sein Leben nicht aus: Eine Lampe bedeutet Licht, ein einzelner kleiner Teppich unter dem Schreibtisch bedeutet: keine kalten Füße beim Arbeiten, eine Kaffeemaschine bedeutet Kaffee, alles leicht zu verstehen, vor allem: nichts dargestellt, nichts ausgestellt. Keine Reisemitbringsel, keine Allerweltstrophäen, überhaupt keinerlei Folklore, vor allem keine Photos erfreulicherweise. Auch keine Zimmerpflanzen, ein einzelner Ficus weigert sich, den Naturzustand zu ersetzen oder zu simulieren, oder Viszman weigert sich, ihn zu gießen. Demnächst wird er blattfrei sein. Die Bücher sind alphabetisch sortiert, weil einmal vor Jahren in diesem organischen Gewusel nichts mehr zu finden war, wie Kraut und Rüben, und schließlich hat er sich ein Wochenende genommen und seine Bibliothek sortiert. Ein wenig dunkel, die Wohnung, eine typische Männermischung aus braunen, grauen, schwärzlichen Tönen, ein paar Häkelkissen, dunkelgrün, andere, in Ockertönen gestreift, auf einer Couch, kein Verhältnis zur Farbe, gut. Buchrücken sind bunt. Eine Dürersche Melencolia mit Flügeln überm Schreibtisch in einem gesprungenen Glasrahmen schaut, das Gesicht in die Hand gestützt, unverwandt auf eine moderate Schallplattensammlung, Korbstühle, um sich die Strümpfe daran zu zerreißen; natürlich glaubt Viszman nicht ans Wohnen, Möbelparadiese sind jedem denkenden Menschen und Antikapitalisten suspekt; er brauchte sich nicht zu entschuldigen, warum entschuldigt er sich.

Er zieht den Vorhang vor die Schiebetür. Die Tür schließt nicht richtig.

Die Wohnung ist kein Problem, sie ist gerade richtig, gelegentlich klingelt das Telefon und stört die Konspiration, aber für den Fall, daß es in diesem frühen Stadium der Barbagelata-Planung schon prophylaktisch der KGB ist (lästig, die trotzkistische Jugendsünde, verständlich zwar, aber lästig ist sie schon), geht Viszman einfach nicht dran. Auch aus der Richtung von Besançon vermute ich Telefonterror; beim ersten Klingeln hat Viszman wie nebenbei den Anrufbeantworter abgestellt, der im übrigen hektisch Alarm geblinkt hat, als wir hereinkamen; während Viszman auf der Tagung der Diderot-Gesellschaft in Avignon war, scheint hier eine fernkommunikative Belagerung stattgefunden zu haben, regelrecht eine Invasion, die er indes übersieht, wir haben Wichtiges vor.

Die Wohnung ist nicht das Problem, aber warum das Paradies ausgerechnet in Thionville ausgerufen werden soll, will mir nicht einleuchten.

Thionville nämlich: eine Stadt, um sich schon vorher, schon auf der Autobahn zu verfahren und in die Hölle eines Freizeitparadieses zu geraten, spätestens an einem der Endloskreisel die Abfahrt zu verpassen, dann: im Grau eine Samstagnachmittagsleere, die Straßen leer, die Gehsteige leer, Pfützen, ein Stadtbeleuchtungsfehler: alles grau; dazu alles geschlossen, irgendwo muß eine Kirche sein, weil es über die Stadt einmal wegläutet, hoffnungslos leeres Läuten, ein paar Sportplätze mit ausgestorbenen Fußballtoren, wie soll man jetzt diese Straße finden, die einzige Bewohnerin von Thionville will weitergehen und nicht angehalten werden mit ihrem regendurchweichten Baguette unterm Arm, man muß am Straßenrand halten, aus dem Auto springen und ihr hinterher, damit sie nicht denkt, man fährt Schrittempo neben ihr, weil sie entführt werden soll, eine Rettung wäre es, wenn man sie entführte, aber sie will nicht entführt werden, sondern in dieser Geisterstadt bleiben, sie will vor allem keine Auskunft geben über diese unbekannte, auch ihr unbekannte Straße; als man sie schließlich einholt, ist bei dem Sprung aus dem Auto die Landkarte auf die nasse Straße gefallen, die Landkarte, nach der man Thionville besser hätte verfehlen sollen, die Frau ist gegebenenfalls bereit, mit einem durchweichten Baguette ihr nacktes Hierbleiben zu verteidigen und zu erzwingen, ihr Oberkörper sowie der Kopf mit dem Kopftuch sind aber für Flucht, sie weigert sich, dieser Stadt ein Stadtzentrum zuzugestehen, in dem eine Straße sein soll, von irgendwoher hat es aber doch eben geläutet; wo eine Kirche ist, ist auch ein Stadtzentrum, aber nein.

Thionville ist genau die Stadt, in die ich schon immer nicht wollte.

Man könnte natürlich zuvor in Metz essen, dann würde es dunkel werden, und im Dunkeln ist von Thionville nichts zu sehen, die Stadt besteht wie alle fremden Städte aus einem Bahnhof und einem Taxi und einer Wohnung oder einem Hotel.

Barbagelata jedenfalls wird heute abend mit einem Immobilienmakler in Avignon essen gehen, zuvor hat er in Martigues angerufen, daß er in der Nacht kommt. Die Kleine entlackt sich die grünen Nägel und nimmt sich vor, demnächst hier endgültig abzuhauen, und Sylvie ist für heute abend sicher vor ihrem Kind.

Viszman möchte keinen Schokoladenkeks.

Ich möchte auch keinen Schokoladenkeks.

Kein Diderot-Kenner möchte Schokoladenkekse. Bekanntlich ist Diderot nicht nur der Inbegriff der Anfänge europäischer Kulturkritik schlechthin, sein Leben und Werk sind auch ein Bekenntnis zur Lebensfreude, die unser Feind heute abend als Menü zu sich nimmt: Hauptgericht Entenbrust, rosa gebraten, in Steinpilzsoße und Châteauneuf-du-Pape; ein paar Flaschen wird er sich nachher von der Wirtin zu einem horrenden Preis einwickeln lassen, weil er nicht weiß, daß die Weinhandlung um die Ecke, keine zweihundert Meter weit, ihn um rund die Hälfte günstiger hat, und zwar bis weit in die Nacht, aber warum soll nicht einmal auch Barbagelata reinfallen und übers Ohr gehauen werden. Ich finde es allerdings etwas verwirrend, daß Barbagelata Entenbrust in Steinpilzsoße bekommt, obwohl er nachweislich niemals ein Wort Diderot gelesen hat, den Namen kennt er natürlich, weil ihm die halbe Rue Diderot gehört, und der Boulevard Victor Hugo noch dazu, er hält die beiden vage für Zeitgenossen und assoziiert sie mit dem Mittelalter, weil die uralten Immobilien dort trotz der gigantischen Quadratmeterpreise auch im Sommer nicht trockenzukriegen sind und muffig riechen, die Mieter kommen ihm mit Drohbriefen und Prozessen, vor allem mit Veröffentlichung, daß also dieser Barbagelata sich einer Entenbrust und Lebensfreude hingibt, während Viszman hungert, weil er zu stolz ist, Schokoladenkekse für Lebensfreude zu halten, das gefällt mir nicht, und das werden wir ihm in Metz mit einem Menü vergelten, Viszman und ich.

Ausgiebig. Angemessen. Und nachher ist es womöglich dunkel. Und womöglich fährt dann kein Zug mehr nach Thionville, in diese ausgestorbene Geisterstadt, in die sowieso niemand fahren will. Jedenfalls ich nicht. Den Abendzug nach Thionville verpassen! Keiner besitzt eine Uhr.

Eine so außerordentliche Begegnung wie unsere grenzt an Zufall und ist ein Anlaß, in Metz gehörig zu feiern, Viszman weiß ein Restaurant, ich weiß ein Restaurant, aber als Ausländerin kenne ich mich von vornherein in Metz nicht aus, Viszmans Sichauskennen in Metz hat etwas Rührendes, ein fürsorgliches, ironisches Sichauskennen in Lothringen und in der Welt, mein Restaurant kommt dagegen nicht an und wird still verschwiegen. Der Weg zu Viszmans Restaurant und der zu meinem sind am Anfang recht ähnlich, weil man an der Bahnhofsbaustelle vorbei muß, um in die Innenstadt zu gelangen; zum Glück hat Metz eine Innenstadt mitsamt einer Fußgängerzone. Unser Gepäck liegt friedlich in einem der großen Gepäckschließfächer im Bahnhof beisammen; der Lebensfreude, die unter Schokoladenkeksen meinerseits und keinen Schokoladenkeksen seinerseits zwar nicht ernsthaft gelitten hat, der aber durchaus langsam nachgeholfen werden dürfte, steht nichts im Weg, im Gegenteil, allerlei Restaurants liegen verlockend in der Fußgängerzone von Metz und stellen uns ihre Speisekarten förmlich in den Weg, man muß aufpassen, daß man nicht darüber stolpert; Viszman, der in seiner Freude über unsere Begegnung regelrecht lebhaft geworden ist, spricht lobend von seinem Restaurant, das hier ganz in der Nähe sein muß, meines ist auch hier ganz in der Nähe, im Vorbeigehen erwähne ich es, auch lobend, jedoch vorsichtig, tatsächlich ist es ein ganz scheußliches Restaurant, weiß Viszman, das soll mir recht sein, er soll seines lieber noch nicht so bald finden, zum Glück scheint er nicht oft in Metz zu sein oder vor Freude über unsere Bekanntschaft ein bißchen durcheinandergeraten, sein Restaurant ist jedenfalls nicht zu finden, ersatzweise erzählt mir Viszman die Speisekarte von oben runter, ich sage, das klingt wunderbar, ich nehme das erste. Unsere Stimmung ist bestens, sie wird noch besser, nämlich übermütig und ausgelassen, als wir zum drittenmal an dem Restaurant vorbeikommen, das ich kenne und dessen Speisekarte nun wiederum ich Viszman erzähle, damit wir sie nicht erst lesen müssen, um zu wissen, daß sein Restaurant ein lothringisches Restaurant ist, meines hingegen nur eine Attrappe, die keinerlei Lebensfreude verheißt. Schließlich haben wir Metz in verschiedenen Richtungen kreuz und quer mehrmals durchwandert und beschließen im Sinne der Lebensfreude, eine Denk- und Orientierungspause einzulegen und einen Apéritif. Ich hoffe auf zwei Apéritifs, weil ich überhungert bin und keinen Appetit mehr habe und weil der Zug nach Thionville die Gelegenheit braucht, nachher dann weg zu sein.

Bei Bars muß man nicht so wählerisch sein, man kann die nächstbeste nehmen. Wir nehmen die nächstbeste, und jetzt: jetzt passiert's.

Ich sage, für mich einen Kir.

Viszman sagt, einen weißen Whisky.

Er sagt es. Ich staune. Aber nur kurz, dann sage ich: Für mich lieber auch einen weißen Whisky.

Ich habe nicht die geringste Ahnung, ob es weißen Whisky überhaupt gibt, aber mein Verleger behauptet, es gibt weißen Whisky. Zum Beleg sagt er, Sie lesen wohl keine Krimis. Nein. Dann wüßten Sie's. Der Wirt hier liest auch keine Krimis und meldet Zweifel an, aber Viszman glaubt meinem Verleger und besteht darauf, daß es weißen Whisky gibt. Der Wirt sabotiert freundlich. Ich sage, Sie sollten vielleicht Ihre Frau fragen, aber seine Frau ist vor ein paar Jahren gestorben.

Ich bin sicher, im Keller liegt diese Flasche aus dem Irlandurlaub eines Gastes, aber wenn seine Frau gestorben ist, findet sie natürlich niemand, der Wirt ist seit Jahren nicht mehr im Keller gewesen, weil er oben genug zu tun hat, seit er für zwei arbeitet.

Es bleibt bei Kir.

Draußen langsam Gebirge, der Weltuntergang ist einem blauen Himmel gewichen, eine Herbstsonne über dem nassen, leuchtenden Grün, Viszman liest Diderot, hin und wieder knifft er ein Eselsohr in eine Seite, und nachdem er eine Weile Eselsohren geknifft hat, entschließt er sich, einen Bleistift zur Hilfe zu nehmen. Leser erkennen sich an ihren Angewohnheiten, an den Eselsohren in meinem Bouvard und Pécuchet würde Viszman mich sofort erkennen, aber wir haben alle Zeit der Welt, um uns mit unseren Angewohnheiten kennenzulernen und zu entzücken, wobei die Angewohnheit, Eselsohren in Buchseiten zu kniffen, im Grunde fragwürdig ist, ein Gespräch über Eselsohren im Zusammenhang mit Diderot oder Bouvard und Pécuchet wird eine wunderbare Übereinstimmung zutage fördern: natürlich weiß Viszman so gut wie ich, daß sie Unfug sind. Das Buch wird immer dicker vor Eselsohren, jedes Eselsohr bezeugt eine Merk- und Denkwürdigkeit, die man behalten will, jede Seite ist voller Merkwürdigkeiten und verlangt ein Eselsohr; aber sobald man sich später an eine Merkwürdigkeit vage erinnert und sie heraussuchen will, weil man gewiß ist, ein Eselsohr in diese Seite geknifft zu haben, haben märchenhafterweise alle Seiten Eselsohren, und die Merkwürdigkeit ist nicht zu finden, daher die Angewohnheit, zunächst einmal Eselsohren zu kniffen, spontan sozusagen, und nach der Hälfte des Buches überzugehen zu Bleistiftbenutzung, zunächst mit dem Bleistift einzelne Merk- und Denkwürdigkeiten zu unterstreichen, plötzlich ist das ganze Buch voller unterstreichenswürdiger Sätze und Stellen, die Unterstreichungen häufen sich, Viszman unterstreicht die gesamte Rede des Tahitianers Oru, ich verstehe es, eine radikale Position hat dieser Oru, ohne weiteres entlarvt er die Europäer, ihre heuchlerische Moral, ihre Lust an der Macht anstatt einer Lust an der Lust, deren gesetzlich-moralische Unterdrückung geradezu, alles unterstreichenswürdig, sogar der katholische Schiffskaplan, dem diese Rede gehalten wird, ist binnen kurzem davon überzeugt, daß die Ehe eine sinnlose Angelegenheit ist, die überall Unglück, Betrug und Verzweiflung bereitet und verbreitet, unterstreichenswürdig ist folglich auch, daß nach der Rede Orus ein französischer Schiffskaplan am liebsten seine Kleider wegwürfe und in Tahiti bliebe, auch Gauguin ist schließlich in Tahiti geblieben, all dies muß unterstrichen werden. Das Problem mit dem Bleistift ist ähnlich wie das der Eselsohren, weil die Merkwürdigkeit, an die man sich später einmal erinnert und die man unterstrichen wähnt, unauffindbar in einer seitenweisen Gesamtunterstreichung verborgen bleibt, was Viszman merkt, nachdem er eigenhändig Wort für Wort unterstrichen hat, was der liebes- und lebensfreudige Oru gegen Europa anführt, das erste Drittel des Buches ist angeschwollen vor Eselsohren, das zweite voll mit Bleistiftstrichen, und schließlich geht es nicht anders: die Schlußfolgerungen des Herrn B, Diderots Schlußfolgerungen aus einem unmöglichen Vergleich nämlich, die vergleichende Unmöglichkeit des Vergleiches also, müssen ins Buch hinten noch einmal hineingeschrieben werden, dafür gibt es zwei freie Seiten; ich bin entzückt und möchte nun doch einmal Bouvard und Pécuchet vorzeigen: vorne geknifft, in der Mitte gesamtunterstrichen und das letzte Drittel unleserlich noch einmal in winzigster Schrift, weil zwei leere Seiten hinten zu wenig Platz sind für ein ganzes letztes Drittel, folglich werde ich nie etwas wiederfinden.

Ein solches Wunder an Übereinstimmung in jeder Hinsicht wird uns das Elend einer Organistin in Yverdon glücklicherweise ersparen, die heute abend noch nicht weiß, daß ihre Ehe mit einem Restaurator nur scheinbar wegen des dauernd verschleppten Scheidungstermins nicht zustande kommt: die Sorgerechtsentscheidung ist zwar vom Scheidungsverfahren abgetrennt worden, aber trotzdem verschleppt sich die Sache und geht einfach nicht voran; der tatsächliche Grund für die Scheidungsverschleppung jedoch ist, daß der Restaurator jedesmal wieder zusammenzuckt, wenn er sieht, wie seine Organistin hemmungslos Fingersätze mit Kugelschreiber vierfarbig in ihre Noten kritzelt, die Noten sind schließlich mein Handwerkszeug, sagt die Organistin und Notenschänderin und wirft, als sie zusammen zur Kirche fahren, den ganzen Stapel mit Schwung in den Kofferraum ihres Wagens, um ihm zu zeigen, daß sie mit ihrem Handwerkszeug umgeht, wie es ihr paßt; der Restaurator zuckt erneut, weil der Kofferraum vom letzten Wochenendausflug mit seinen Kindern noch dreckig ist von den Gummistiefeln, mit denen sie lustlos im Matsch herumgestapft sind, der Organistin macht so ein bißchen Dreck auf den Noten nichts aus, und den Fingersatz, sagt sie, braucht sie, weil die Fingersätze in Noten immer nicht stimmen, jedenfalls nicht für sie. Eine Zeitlang zuckt der Restaurator, der sich nicht vorstellen kann, mit seinem Handwerkszeug so zu verfahren, aber dann macht er sich klar, daß seine künftige Frau womöglich nicht nur mit Noten so umgeht, eine Nachlässigkeit, eine Handwerkszeugschändung kommt doch wahrscheinlich nicht allein, und siehe da: eines Sonntags beißt er auf Reste von Apfelgehäuse in einem Apfelkuchen, den sie am Freitag abend gebacken hat, in Bern seine Frau hat Apfelkuchen immer ohne Spelzen gebacken, eine Frage der Sorgfalt beim Apfelaushöhlen; und schon in der Woche darauf ist ein ehemals weißes Tennishemd nicht mehr weiß, sondern hellblau, nicht blau natürlich, aber mit diesem hellblauen Schimmer, der verkündet, daß in seinem vorehelichen Haushalt in Yverdon ein Paar Bluejeans und ein weißes Tennishemd gemeinsam in einer Maschine gelegen haben; die Verteidigung seiner künftigen Frau überzeugt nicht: natürlich ist es dem Tennisverein Yverdon egal, ob einer im weißen Hemd erscheint, aber darum geht es jetzt nicht; natürlich ist die Kleiderordnung auf Tennisplätzen seit Jahren gelockert, im Grunde hätte er längst seinen Tick mit dem Tennis-Weiß aufgeben können, merkt er denn nicht, daß er selbst fast der einzige ist, der noch in Weiß spielt, in Bern mag das üblich gewesen sein, aber in Yverdon, wie gesagt, nimmt man es nicht so wichtig. Das tröstet nicht, weil es nicht um die Kleiderordnung geht, sondern um Nachlässigkeit; auch ist der spitze Ton gegen Bern völlig unangemessen, endgültig aufgebracht ist der Restaurator jedoch durch den pikierten Hinweis, es gäbe Männer, die könnten ihre Hemden auch selber waschen, sogar von bügelfähigen Männern habe man in und um Yverdon schon gehört. Vulgärfeminismus hatte er von seiner künftigen Frau nicht auch noch erwartet, die Schokoladenflecken in einem Buch über lombardische Baudenkmäler können ihn schließlich auch nicht mehr überraschen, sie erbittern ihn darum nicht minder;

sein anfängliches Zusammenzucken weicht einem sachten Widerwillen, einem leisen Abscheu, späterhin Anflüge von deutlichem Ekel, körperlich: der Geruch nämlich, zuerst der Geruch; warum hat er den vorher nicht wahrgenommen. Jetzt überdeutlich. Überdeutlich auch die Erinnerung an einen berner Wohlgeruch, nicht der Geruch selbst ist erinnerlich, weil man Geruch nicht erinnert, wohl aber der Name dieses Geruchs, der jedoch, probeweise auf eine Organistin angewendet, an dieser versagt und sich völlig anders benimmt als an Doro, wo er lieblich war, während er hier innerhalb einer Stunde seine Kostbarkeit aufgibt an diesem Irrtum, der da am Klavier sitzt und mit Vierfarbenkuli Fingersätze umschreibt, und nicht mal die Haare gewaschen. Aus Orgelkonzerten, wie gesagt, macht er sich nichts. Unter dem Vorwand, die Organistin zum siebzigsten Geburtstag seines bozener Vaters nicht gut mitnehmen zu können, solange die Scheidung noch nicht durch ist, weil das die Sache nur weiter verschleppt, fährt er eines Tages nach Bern. Mit der Kirche in Yverdon ist er bald fertig. Doro hat diese neue Kurzhaarfrisur und sieht wunderbar aus, weil alle Frauen anfangen, wunderbar auszusehen, sobald sie Hemden und Jeans wieder in eine Maschine tun dürfen und niemand sich über Apfelspelzen beschwert außer den eigenen Kindern, die sich aber sowieso immer über alles beschweren, am besten, man stellt ihnen Cornflakes auf den Tisch und hört dann einfach nicht hin; Doros Pyrenäenerholung hat sich sehr gut gehalten, sie selbst hat sich gut gehalten, und sie duftet nach dem Namen dieses Geruchs, die reinste Verführung, selbst wenn man mit ihr verheiratet ist; sie macht keine Flecken in seine lombardischen Baudenkmäler, sondern vernünftige Anmerkungen, an ihr ist eine Archäologin verlorengegangen, nicht aber eine Frau. Dem Restaurator fällt auf, daß das Leben eine Summe von Gewohnheiten ist, nicht von Anfang an natürlich, aber so ab der Mitte; zu Hause ist, wo man den Lichtschalter im Dunkeln findet, und das Zusammenleben ist sowieso eine Summe von Gewohnheiten, das Zusammenleben und Zusammenwachsen, er kommt ins Vergleichen.

Wenn ich Viszman davon erzähle, daß es Haushalte gibt, in denen lombardische Denkmäler schokoladenfleckfrei zu sein haben und Organistinnen die gedruckten Fingersätze nach Vorschrift ausführen müssen, wird er es schlicht nicht fassen, und wir werden noch einen Kir bestellen, um die verschiedenen Leseverfahren zu erörtern. Viszman hat die besten Erfahrungen mit Büroklammern gemacht, was uns erneut feststellen läßt, daß wir nicht verschiedene Leseverfahren haben, sondern genau dieselben, tatsächlich: zwei Menschen an zwei verschiedenen Orten der Welt sind unabhängig voneinander auf die Idee gekommen, Büroklammern in bunten Farben oben an ihre Buchseiten zu stecken, um Merkwürdigkeiten später leicht wiederzufinden, und unabhängig voneinander sind sie durch Ausprobieren darauf gekommen und versichern sich in einer Bar in Metz, daß auch das Unfug ist. Das Wortkarge an Viszman hat sich in Lebhaftigkeit verwandelt, weil das Leben, auch wenn es im ganzen ein Geheimnis ist, in Einzelheiten doch Wunder bereitstellt, Einzelwunder, die nicht nur mitteilbar sind, sondern mitgeteilt werden müssen, zutage kommen weitere Wunder und müssen auch mitgeteilt werden, manche sind nicht ganz so überraschend wie das Büroklammerwunder, das Diderot-Wunder und die stillgestellte Zeit, im Grunde wäre die Entdeckung einer gemeinsamen Neigung zu Rochenflügeln in Kapernsoße schon fast anzunehmen gewesen bei so viel aktiver Lebensfreude und Gemeinsamkeit, wie sie hier in zwei völlig erwachsenen Menschen an einem Tisch versammelt ist, denen es scheint, als wären sie füreinander gemacht; egal: wir wundern uns doch. Und wie wundern wir uns erst, als wir aus der Bar heraustreten, und es ist tatsächlich dunkel.

Von Barbagelata haben wir, während wir in der Bar saßen, nicht gesprochen, es ist im Augenblick überflüssig, da in der Hauptsache feststeht, daß wir auf der soliden Basis von Büroklammern und alten Schuhen der Lebensfreude verschworen sind gegen die Zeit.

Von Barbagelata werden wir übrigens überhaupt nicht mehr sprechen müssen, weil ich morgen früh im Café eine Zeitungsnotiz entdecke: Staatsanwaltschaft ermittelt gegen Immobilienhändler nahe Marseille, der italienische Name läßt auf Mafia schließen oder auf Pseudonym. Mit Verhaftung ist zu rechnen.

Morgen früh im Café, bevor mich Viszman zum Zug bringt, lachen wir, wenn wir entdecken, daß wir beide H-Milch nicht leiden können; der Milchkaffee schmeckt durch den Kaffee hindurch impertinent nach H-Milch, die Zigaretten schmecken nach wenig Schlaf, die morgendliche Dusche war höchstens lauwarm, das Frösteln kommt von der spätoktoberlich kalten Stadt, der traurigen Dusche und den Baumaschinen, die heute früh vor dem Fenster die Stadt aufgerissen haben, um sieben Uhr hat zu unserem Ärger die Zeit wieder eingesetzt, nachdem sie zwölf Stunden lang aufgehört hatte, zwölf Stunden sind keine Zeit, finden wir, hundert Jahre sind eine Zeit, gut, aber zwölf Stunden sind wirklich gar nichts, Viszman findet, so ein Termin am Winterfeldtplatz ist auch gar nichts, Viszman drängt auf augenblickliche Existenzgründung in einem Hotel in Metz, ich denke an seinen Anrufbeantworter in Thionville und das Alarmblinken aus Besançon, in unserer zeitlosen letzten Nacht gab es wunderbarerweise weltweit keine Menschen mit Ausnahme meines Verlegers, den ich erwähnt habe, weil ich ihn heute noch treffen soll und also den Zug kriegen muß; ansonsten: zwei freie einsame Menschen, der Rest der Welt abgeräumt, untergegangen, gar nicht erst auf die Welt gekommen, ausgesperrt. Tür zu, den Schlüssel innen steckengelassen. Zwei Paar Schuhe davor, die mal geputzt werden müßten.

Wenn Viszman mir von Griechenland erzählt: kein Zweifel, daß er allein die Welt bereist hat, mutterseelenallein, Portugal, Spanien, Rußland (Rußland?). Schließlich bin auch ich ganz allein in Paris gewesen, am Matterhorn, in Italien, überhaupt eine übereinstimmende Neigung zu Einzelreisen bei Viszman und mir; ein unglaubliches Wunder hat zwei Einzelreisende zusammengebracht, die in ihrem Leben nichts anderes getan haben, als Büroklammern in Buchseiten zu stecken, Eselsohren zu kniffen, allein durch die Welt zu ziehen und an den Katzentischen, die solche einzelnen von böswilligen Kellnern zur Strafe für Einsamkeit zugewiesen bekommen, Rochenflügel auf Rochenflügel zu verspeisen; das heißt, einige Menschen kennt Viszman: beruflich. Meinen Verleger kenne ich schließlich auch: beruflich. Ansonsten hat man sich zwei Radikalindividualisten vorzustellen, die konsequent vierzig Jahre lang auf den Augenblick gewartet haben, in dem in einem Hotelzimmer in Metz der Naturzustand ausbricht, eine subversive Angelegenheit, gefährlich, so gefährlich, daß Viszman sich geistesgegenwärtig unter einem anderen Namen an der Rezeption einschreibt, zum Glück verlangt der Mann an der Theke keine Ausweise, er will zurück zu seinem Fernsehquiz, aus dem ihn das Türschrillen herausgeholt hat, er wundert sich nicht einmal, daß wir kein Gepäck haben, mir ist vor Subversion etwas schwer im Magen, vor Gefährlichkeit oder vor Pizza, ich frage mich, was Diderot von der Pizza gehalten hätte, die wir in der Fußgängerzone in Metz anstelle der Speisekarte eines zwar lothringischen, aber nach wie vor verschwundenen Restaurants zu uns genommen haben, ganz in der Nähe der Attrappe, deren Rochenflügel zu erwähnen ich mich hüte, damit mir nicht rückwirkend noch eine Fischvergiftung bewußt wird, die ich seinerzeit unbemerkt durchgemacht haben muß. Von Pizzavergiftung hat man noch nie gehört.

Was tun zwei letzte Tahitianer, wenn die Zeit wieder einsetzt? Sie gehen frühstücken, rühren im Milchkaffee, Viszman begeht einen fatalen taktischen Fehler und behauptet, verliebt zu sein, was ich ohne weiteres glauben muß, da es für einen Mann sicher nicht leicht sein dürfte, in doch ziemlich fortgeschrittenem Alter endlich einmal außerberuflich einen ersten Menschen zu treffen, dazu eine Frau (die auffallende Frauenlosigkeit in Viszmans Erzählungen ähnelt der Männerlosigkeit, von der mein bisheriges Leben erfüllt ist), eine erste Frau also und Diderot-Kennerin so spät im Leben endlich zu treffen und sich dann nicht zu verlieben. Ich muß es glauben, ebenso wie ich glauben muß, daß dem Menschen im Naturzustand ein intuitiver Zugang zu europäischer Damenober- und -unterbekleidung angeboren ist, es gibt da ein Know-how, das nicht vom Leben erworben wird, sondern das unschuldig immer schon wartet in einem liebesbegabten Mann, in dessen Leben nur eben zufällig nie eine Frau und Diderot-Leserin und Eselsohren-Knifferin getreten ist, weshalb er natürlich – seit gestern vom lebenslänglichen Zölibat befreit – erneut in Melancholie versinken wird, wenn seine soeben erst entdeckte Begabung alsbald wieder brachgelegt wird, weil ich heute abend am Winterfeldtplatz ägyptische Bohnen esse.

Das alles glaube ich ohne weiteres, schon weil meine Lage aufs Haar dieselbe ist, weshalb ich einen schweren taktischen Fehler begehe und bekanntgebe, daß mein Zug in der nächsten Woche wieder über Metz fahren wird, nämlich in umgekehrter Richtung, und wenn Viszman nicht eine seiner Einzelreisen antritt, steht einer erneuten Wiederherstellung des Naturzustands nichts im Wege.

Beide Fehler aufs Konto der Übermüdung, aber verhängnisvoll.

Viszman denkt einen Augenblick nicht ganz sorgenfrei nach innen, er hat drei Bekümmerungsfalten senkrecht zwischen den Augenbrauen, und wenn er eine Uhr hätte, würde er jetzt auf die Uhr schauen, eine sofortige Existenzgründung wäre zweifellos ein geringeres Problem als eine Verabredung auf nächsten Freitag, aber als freier Mensch kann er natürlich keine Einwendungen machen, zumal er leichtfertig gelogen hat, er sei verliebt, er bereut seinen Fehler und denkt, er kann nicht zurück. Ich hätte Lust, meinen Zug nächsten Freitag nicht über Metz fahren zu lassen, es gibt bequeme andere Züge, aber gesagt ist gesagt, es ist mir unangenehm, ich greife nach der Zeitung, um nicht zuzusehen, wie er sich eine Ausrede für Besançon ausdenkt, während ich ihm zusehe; obwohl er diese Ausrede als Diderot-Leser natürlich für überflüssig hält, selbstverständlich; anders als unser Südtiroler ist Viszman nicht nur Ehegegner, sondern – bis gestern allerdings rein theoretisch – von der unseligen Wirkung des europäischen Monogamiegebots (unter Hinweis auf Tahiti und die dortige freie Liebe) überzeugt, weshalb es logisch ist, daß er sich in die Verliebtheit verhaspelt, und jetzt kommt er nicht mehr raus, und er tut mir leid.

Ich biete Rücktritt an, aber zwei schwere Fehler sind nicht rückgängig zu machen, Viszmans Hand, die plötzlich warm auf meiner liegt, ist nur noch ganz schwach elektrisch, aber warm; mir ist fröstelig.

Mir ist nicht fröstelig, sondern kalt. Der Vorhang vor der Gangtür hält den Zugwind nicht ab, in Neufchâteau sind nur ein paar verfrühte Gymnasiasten eingestiegen und fahren ins Wochenende, an dem geschlossenen Vorhangabteil gehen sie vorbei, in Toul steigen sie wieder aus, eine Abendsonne läßt vermuten, daß die Obst- und Gemüsegroßhandlung in Bern jedenfalls nicht ruiniert ist, ein paar Wagenladungen Tomaten sind durch die Verspätung angegammelt, aber es waren sowieso die letzten aus Spanien, und die haben schon im vorigen Jahr Ärger gemacht, weil sie matschig waren, aber sonst kommt die Ware einwandfrei an, die Fahrer fluchen, auch das nichts Neues. Der Verlust ist erträglich, und sobald das Kind seine neue Plombe (diesmal nicht Amalgam, obwohl der Zahnarzt nicht glaubt, daß es giftig ist, aber wenn er weiter mit Amalgam füllt, bleiben ihm die Patienten weg) im Mund hat, bringt die Mutter und Chefin die Buchhaltung wieder auf Trab und geht zum Friseur: Kastanie. Die erloschene Ehe hat den Vorteil, daß man sich ums Geschäft kümmern kann, eine solide Schlußfolgerung aus der Unwetterkatastrophe wird gezogen, Tiefkühlgemüse en gros, erfordert aber gewaltige Investitionen an Kühlanlagen, Personalkosten dann allerdings minimal, die Tatkraft seiner Frau gefällt einem Obst- und Gemüsegroßhändler, der sie manchmal beobachtet, wenn sie im Garten die Dahlien rausnimmt und mit den Kindern am Abend lernt, weil die Kinder natürlich nicht von alleine lernen, und es will ihm so vorkommen, als ob sich mit seiner Frau etwas getan hat, eine Verwandlung, er kommt nicht dahinter, daß es die Haare sind, vielleicht sind es auch nicht die Haare, er hätte Lust, sie zu fragen, ob sie nicht nächsten Sommer einmal zu zweit wegfahren, die Schwiegermutter kann ihre Hysterie an den Kindern austoben, und wir beide einfach mal weg für zehn Tage; die Vorstellung, mit seiner eigenen Frau allein zu verreisen, am Ende in dieses Martigues, wo es im Grunde ganz schön war, langweilig, aber schön, kommt ihm komisch vor, und es käme ihm komisch vor, seine Frau so etwas zu fragen, aber Lust hätte er schon. Vielleicht fragt er sie Anfang des Jahres, wenn die Feiertage und nachher die Inventur überstanden sind und sie aufatmet nach dem Streß, es ist die beste Zeit, um an den Sommer zu denken.

Dann fragt er doch nicht, weil er Anfang des Jahres den Unfall gehabt haben wird, ihm ist nichts passiert, aber der Audi ist hin, Anfang Januar, Glatteis, natürlich ist er nur vierzig gefahren, weil er gemerkt hat, es rutscht, aber bei Glatteis hätte er lieber das Auto gleich in der Garage gelassen, es hat ihn im Kreisel gedreht, er ist in die Leitplanke gerutscht und mit dem Schrecken davongekommen, aber von Urlaub im Sommer kann endgültig nicht die Rede sein bei den vielen Krediten für die neuen Kühlhäuser, und jetzt noch ein neuer Wagen. Schließlich kann er keinen gebrauchten kaufen. Nicht mal sein Prokurist kauft gebrauchte Wagen.

Viszman sagt, kalt hier, und legt sich den grünen Mantel um. Ich höre die Anspielung auf Tahiti, auf die Wärme, die zwischen Menschen möglich gewesen sein muß oder wieder möglich sein könnte, aber ich antworte nicht. Ich bin noch böse mit Viszman, weil er mich in seine Angelegenheiten in Besançon hineingezogen hat mit der Ausrede, die er sich ausdenkt, während ich zusehe. Mit mir bin ich auch böse. Sehr. Wenn ich mit einem wildfremden Mann, bloß weil er Eselsohren beim Lesen macht, seine Schuhe nicht putzt, vielleicht ist seine Armbanduhr nur bei der Reparatur, umstandslos in ein Hotelzimmer gehe, noch dazu in Metz, finde ich das bedenklich, aber meinetwegen dürfen auch besonnene Frauen von Zeit zu Zeit den Verstand verlieren, hinzu kam schließlich das kulturkritische Moment und die Aussicht, zu zweit Monsieur Barbagelata und die Obdachlosigkeit zu bekämpfen sowie meinem Verleger einen Mord präsentieren zu können und einem kleinen Anwalt einen großen Prozeß zu verschaffen mitsamt der entsprechenden Brille. All dies rechtfertigt eine einmalige Entgleisung, aber nicht das freizügige Angebot, am nächsten Freitag erneut über Metz zu fahren, wo selbstverständlich die Beglückung darüber, daß ein weiterer Mensch seine Bücher mit Büroklammern malträtiert, schwindet, weil zweite Hotelzimmer nicht erste Hotelzimmer sind, sondern plötzlich Gepäck enthalten, sogar Fernseher, in dritten und vierten gehören Fernseher einfach dazu, ihr Fehlen ist Grund zu Reklamation und schlechter Laune, weil weder die Entwicklung in Rußland noch die Kommunalwahlen, noch ein bedeutendes Tennisturnier einfach angehalten werden, bloß weil man ein Formular an der Rezeption ausfüllt, das könnte einem so passen; dazu sind zweite Hotelzimmer häßlicher als erste, und mit dem dritten und vierten werden sie immer häßlicher, die Zeit läßt sich nur einmal anhalten: in einem ersten und einzigen Hotelzimmer nämlich, schon ins zweite Hotelzimmer fällt sie ein, ein Überfall von Zeit in einem häßlichen zweiten Hotelzimmer weckt den Wunsch nach Information: die Entwicklung in Rußland, das Tennisturnier, von Hotelzimmer zu Hotelzimmer verkürzt sich die Zeit, schon dritte und vierte Hotelzimmer sind in ihrer Häßlichkeit nicht betretbar, ohne daß man sich sagt: ein paar Stunden, und schließlich werden die Stunden alle zehn Minuten vom Reisewecker abgelesen; Spätnachrichten hätten über Nacht die Lage der Welt verändern oder am nächsten Morgen lebenswichtig gewesen sein können, dazu die von Hotelzimmer zu Hotelzimmer häßlicheren Tapeten, kippeligeren Tischchen, tröpfelnderen Duschen, der Aufstand gegen die Zeit stürzt in die Obdachlosigkeit, auch kann man nicht tage- und vor allem nächteweise alle Anrufbeantworter einfach blinken lassen, aus zweiten, dritten, vierten Hotelzimmern müssen Telefonate geführt werden mit Blick auf eine Tapete, deren Reste mit Tapetenblumen bedruckt sind, schließlich mit Vogelbeeren; kurz:

zweite Hotelzimmer sind das Gegenteil von ersten Hotelzimmern, und von da an wird es immer schlimmer, und Viszmans Anspielung auf die Kälte, somit auf die Wärme, die angesichts der bestehenden Kälte wünschenswert wäre, wenngleich durch Viszmans grünen Mantel nicht zu erzeugen, ist ein billiger Trick, der mich gegen ihn aufbringt. Diderot hat er weggelegt und die Augen geschlossen, er tut, als schliefe er, aber er schläft nicht, denn als der Schaffner hereinkommt, um meinen Minirock zu betrachten, ist er übergangslos hellwach, der Schaffner erinnert sich nicht, daß Viszman in Dijon hätte aussteigen müssen und bis Metz also schwarz fährt, immerhin ein Delikt, aber da ich zumindest nach außen mit Viszman so solidarisch bin, wie es sich nach einer Nacht im Hotel gehört, werde ich ihn nicht verraten; im übrigen hat der Schaffner heute einen schweren Abend, weil er morgen früh erst wieder zurück darf, er würde gern auf die vorgeschriebenen Pausen zwischen den Fahrten verzichten und dafür heute nacht noch zurück, um seine Frau morgen früh zu erwischen, aber die eigene Gewerkschaft läßt ihn nicht, er muß laut Gewerkschaft im Personalheim schlafen, und der Kollege, mit dem er sonst vor dem Schlafengehen ein Bier trinkt, fährt neuerdings TGV Nîmes–Paris, also wird er sehen müssen, wen er im Personalheim heute trifft, wenn er ankommt, und als er ankommt, ruft er als erstes zu Hause an, aber niemand hebt ab. Um elf ruft er noch mal an. Dann alle halbe Stunde. Als sie schließlich abhebt, ist es gegen zwei, sie tut, als hätte er sie geweckt, aber ihm kann sie nichts vormachen, er hat sie per Telefon überführt, was heißt Unwetter. Unwetter heißt, daß das Telefon einfach nicht ging. Stromausfall. Stundenlang abgeschnitten. Das soll er glauben? Jedenfalls wird sie vorsichtshalber morgen die Meldung vom Stromausfall aus der Zeitung ausgeschnitten haben und ihm mit korsischem Hochmut unter die Nase halten, wenn er nach Hause kommt, und wenn er es dann nicht glaubt, wird sie für Eifersucht eine ärztliche Behandlung fordern. Auf Krankenschein. Genau wie für Bluthochdruck und Cholesterin.

Tatsächlich: gegen Viszmans Ausrede in Besançon ist der Stromausfall der Korsin die reine Wahrheit, da sie zwar bis kurz vor halb elf bei Nachbarn zum Fernsehen war, um diese Sendung zu sehen, in der das gesamte Publikum mit Gepäck erscheint, weil alle gewinnen und dann auf der Stelle nach Tahiti wollen oder in ein Hotel in der trübsten Provinz, das bloß Tahiti heißt, alle halten ihre Zahnbürsten hoch, die sie nicht vergessen dürfen, und es lacht sich besser zu dritt. Vor allem: um halb elf war sie wieder daheim. Ja doch!

Als um elf das Telefon geklingelt hat, ist sie nicht rangegangen, weil sie dachte, er ruft nicht zum erstenmal an, und für die Szene ist morgen noch Zeit. Danach hat sie geschlafen. Danach der Stromausfall.

Dagegen Viszmans Ausrede in Besançon!

Ich will sie nicht wissen.

Ich weiß sie schon.

Das reicht.

Das müßte reichen, wie schon drei Verlegenheitsfalten in einem Café reichen müßten; eine Frage der Personenführung, nämlich meiner eigenen Person, über die ich offenbar machtlos bin, weil sie zwar jetzt entschlossen ist, Freitag den Zug über Straßburg zu nehmen, aber: schon morgen, schon im Zug, mittags beim Restfrikassee, das meine Mutter vorwurfsvoll aufwärmt mit der Bemerkung, wie schlecht ich aussehe, den ganzen Tag, am Abend am Winterfeldtplatz, während der Verleger betrübt über mangelndes Handwerk zu sprechen genötigt ist, die ganze Zeit über will mir scheinen, als seien Büroklammern, Eselsohren, schmutzige Schuhe und Diderot in ihrer Kombination die Gewähr für eine glückliche Zukunft Europas im allgemeinen, von meiner eigenen ganz zu schweigen; ich werde gar nicht merken, daß im Frikassee wieder Pelle schwimmt, ich werde an der Stelle, wo im Gespräch zwischen dem Verleger und mir das Löffelweglegen fällig wäre, ruhig weiteressen mit einem Blick, der den Verleger unsicher macht: was, wenn er sich irrte, so seelenruhig, wie ich weiteresse, dabei habe ich nur an die wunderbaren kleinen Rostflecken gedacht, die Büroklammern auf Buchseiten machen, und mein Verleger kommt ins Grübeln, ob nicht wirklich der europäische Analphabetismus in Verbindung mit steigenden Druckkosten selbst in Dritt- und Viertländern, Hongkong, Tahiti, das Bücherverkaufen erschwert, ohne rechte Überzeugung fordert er einen Updike von mir, meint sich aber an handwerkliche Einwände zu erinnern, die ihm beim Lesen flüchtig durch den Kopf gingen. Ich strahle in die ägyptischen Bohnen, man kennt das, aber auch Strahlen infolge Selbstbetrugs steckt an, es wird ein langer Abend, an dem ich meinem Verleger von Barbagelata berichte und verspreche, die Sache im Auge zu behalten, in beiden Augen, nein: in vier, wenn ich richtig zähle, vier strahlenden Augen, aber das sage ich nicht. Schließlich werden wir Barbagelata, aus dem meine virtuose Personenführung demnächst einen soliden Updike macht, mit weißem Whisky in einem irischen Pub feiern, obwohl ich furchtbar müde bin, weil ich so wenig Schlaf hatte letzte Nacht.

Es gibt ihn. Er schmeckt genau wie anderer. Man kann getrost seine Leute in die Bar schicken und ganz normalen Whisky bestellen lassen. Scotch (klingt auch besser).

Barbagelata im Auge zu behalten ist leichter, als ich dachte, man braucht dazu nichts weiter als eines dieser vierten Hotelzimmer in Metz und einen Druck auf den Fernsehknopf. Viszman ist mit dem Auto gekommen und hat keinen Parkplatz gefunden, also kam er zu spät in die Pizzeria, in der wir uns praktischerweise treffen, weil sie uns an eine zeitlose Nacht erinnert, er ist in Eile und muß wahrscheinlich nachher noch beruflich nach Besançon, aber das sagt er nicht; ich hätte arbeiten wollen, aber das sage ich nicht, ich habe einfach nicht gearbeitet. Vor dem Hotel sucht eine Bohrmannschaft mit großem Getöse Erdöl, der Verkehr wird einstweilen durch unser Zimmer umgeleitet, wegen der Grabungen ist die Warmwasserleitung bis auf weiteres stillgelegt, die Zeit vergeht durch Auf-die-Uhr-Schauen, auf einen winzigen Reisewecker aus Zeitz. Die Kommunalwahlen sind erst demnächst, aber in Rußland gibt es um acht Uhr diese Entwicklung, von der heute abend Europa abhängt, ein schattiges einziges Programm sagt uns, daß es ernst ist, auch andernorts ist es ernst, wir wissen es, wir machen ernste Gesichter; Viszman hat die Angewohnheit, bei den Achtuhrnachrichten etwas zu essen, aber das weiß ich nicht und werde es nie erfahren, weil ich wegen Thionville und der Häkelkissen Hemmungen habe, dorthin zu fahren; ich bin froh, daß wir die Pizza schon gegessen haben und sie nicht im Hotelzimmer während der Nachrichten essen müssen, wenn die Politiker mit ernsten Gesichtern ihre telefonischen Abendgespräche mit Rußland erzählen, vorwiegend abends wird mit Rußland telefoniert wegen der Sparpolitik und der Abendtarife, aber telefoniert werden mußte endlich einmal mit Rußland, so wie die Entwicklung sich dem gesamten Nichtrußland präsentiert, freundschaftlich selbstverständlich, auch nach Amerika ist telefoniert und von freundschaftlichen Telefonaten mit Rußland berichtet worden, was in Washington freundschaftlich aufgenommen worden ist, freundschaftlich, wenngleich besorgt, und zu besorgten Telefonaten mit Rußland Anlaß gegeben hat. Viszman raucht und sagt, nach Algerien müßten sie auch einmal telefonieren. Vor dem Tennisturnier, das vermutlich von einem der beiden Spieler gewonnen worden ist, sehen wir: Barbagelata. Ich bin überrascht, weil ich ihn hinter Gittern wähne. Offenbar ist er frei. Natürlich ist er frei: Es war ein Kinderspiel zu beweisen, daß er den Waffenhändler am fraglichen Tag nicht getroffen hat, nicht in Konstanz und nicht in der Schweiz. Überhaupt nicht. Hatte er auch nicht vor. Kann sein Chauffeur bezeugen, der den Auftrag hatte, ihn ins Burgund zu begleiten, ja natürlich erinnert er sich, ein scheußlicher Tag, Weltuntergangswetter, fing hinter Lyon plötzlich an, dieser Regen, dabei war am Morgen, als sie losfuhren, ein so schöner blauer Himmel, von Konstanz hat Barbagelata ihm nichts gesagt, nur ein Weingut genannt, Nuits-Saint-George, aber bei dem Wetter war nichts zu machen, die Straßen waren gesperrt, in Mâcon also drehten sie um, wie auch der Immobilien-Geschäftsfreund bezeugen kann, der sich an den Abend in Avignon selbstverständlich erinnert, lückenlos: Entenbrust in Steinpilzsoße, als Ersatz für den ausgefallenen Nuits-Saint-George ein Châteauneuf-du-Pape. Barbagelata ist wegen seiner irrtümlichen Verhaftung beleidigt und verlangt Haftentschädigung und Schmerzensgeld für Rufmord. Mit einer Betonierung des Bodensees und der umliegenden Gewässer ist es auch nichts geworden, weil man am Bodensee Kostenvoranschläge eingeholt und verglichen hat: Barbagelatas Beton ist zu teuer. Ein Unschuldiger also flimmert durchs Programm, verlangt Haftentschädigung und will nächste Woche bei den Kommunalwahlen gewählt werden mit Hinweis auf den katastrophalen Zustand der Nationalparks und Naturschutzgebiete, um deren Erhalt die Direktionen ihn in einer konzertierten

Petition gerade während seiner irrtümlichen Inhaftierung dringlich gebeten haben. Auch will er den Obdachlosen jedenfalls noch vor dem Winter wenn nicht Obdächer, so doch ersatzweise wohnsitzartige Pappkartons verschaffen, er sagt: 50 000 allein in Paris, und es ist anzunehmen, daß er seine Finger auch in der Pappkartonbranche hat, die ihm die Verluste aus entgangenen Betongeschäften kurzfristig wieder einspielen wird, weswegen er in diesem Punkt auch ein wenig undeutlich bleibt; außerdem hat ihm sein Pressesprecher gesagt, daß nur ein ganz geringer Prozentsatz der Obdachlosen überhaupt wählen geht, eine Kampagne in diese Richtung sei nicht nur überflüssig, sondern sogar politisch riskant, da jede Stammwählerschaft die Nähe zu einer Randgruppe scheue, zumal wenn diese als ungewaschen gelte und gesundheitlich sehr labil sei, als Randgruppe unansehnlich, dazu überall offene Wunden, die Verbände nicht regelmäßig gewechselt und beim Wechseln der Verbände nicht auf Sterilität geachtet, kurz: dem Stammwähler unappetitlich. Deshalb rechnet sich Barbagelata im stillen die Unmengen Pappkartons aus, die er nach den Kommunalwahlen an alle Kommunen verkaufen wird, und zählt lieber die Tierarten auf, die demnächst aussterben werden (drei davon gehören traditionell in die Bouillabaisse, weshalb es ihm auch persönlich lieber wäre, sie stürben nicht aus), und ich sage: Viszman, ich wette, er wird gewählt.

Viszman hat seine Schuhe ausgezogen und sitzt auf einem Hotelbett, das wiederum kein erstes, sondern bereits ein viertes Hotelbett ist und Kuhlen hat, in einer solchen Kuhle ist er im Schneidersitz versunken, melancholisch, wortkarg, weil so gut wie gewiß ist, daß Barbagelata gewählt wird, nachdem er die Liste der Tierarten fehlerfrei aufgesagt hat.

Wer einen Prozeß bekommt, ist allein der Strohmann in Konstanz, den Barbagelata aus der Tiefgarage in Mâcon angerufen hat, aber wegen der Tiefgarage, gegen die auch das beste Mobiltelefon nichts vermag, hat der nicht deutlich verstanden, was er mit diesen Waggons voller Waffen machen soll, lauter MPs, Geschütze, Raketen und solches Zeug, manches auch ferngesteuert und mit Radar, alles in versiegelten Güterwagen, die keiner aufmacht, weil Barbagelata pfiffig angeordnet hat, außen an den Waggons gelbe Schilder mit Totenköpfen anzubringen: Radioaktiv! Lebensgefahr! In gewisser Weise stimmt die Angabe mit der Lebensgefahr, aber dann haben die Waggons eben rumgestanden, natürlich hat sie keiner aufgemacht, und der Pharmavertreter hat nicht gewußt, wo er sie hinschicken sollte, zumal mehrere Länder sich gemeldet und behauptet haben, der Transport sei für sie bestimmt, und sie brauchen die Ware sofort, aber immer wenn er in Martigues anrief, war nur diese Kleine am Apparat und hatte von nichts eine Ahnung. Barbagelata im Gefängnis anzurufen, traute er sich nicht, weil im Gefängnis die Telefone geheimdienstlich abgehört werden. Überhaupt sind ihm die Geheimdienste aller Länder jetzt auf den Fersen gewesen, und am Ende war er erleichtert, daß die Gemeinde, in der die Waggons auf dem Abstellgleis standen, die radioaktive Belästigung loswerden wollte und über die Grenze in ein Drittland abschob, bevor der Fremdenverkehr von der Sache Wind bekäme, und dann sei die Wintersaison nämlich hin, und die Gastwirte gehen auf die Barrikaden. Aber damit begann erst das Elend des Strohmanns: zwar wollte jeder die MPs mit Radar, aber keiner die radioaktiven Waggons, der Fall ging vor einen Blitzausschuß in Den Haag und wurde parallel in Straßburg verhandelt, schließlich wurde ein internationaler Untersuchungsausschuß gebildet, in Schutzanzüge gesteckt und im letzten Moment wieder aufgelöst, weil Interpol den Strohmann in Konstanz ermittelt hatte.

Sein Anwalt rückt die Armani-Brille auf der Nase nach vorn, er ist ein bekannter Spezialist für Abschiebeprozesse und plädiert auf Freispruch des Strohmanns mangels Beweisen: bis man die Waggons geöffnet hatte, waren die versiegelten Türen längst aufgebrochen: von den Waffen bis jetzt keine Spur.

Ich nehme an, daß freundschaftliche Telefonate zum Nachttarif dafür sorgen, daß sie verschwunden bleiben.

Folglich gewinnt unser Anwalt.

Das Tennisturnier hat einer der beiden gewonnen.

Viszman muß telefonieren. Jemand hat sich furchtbar verspätet, offenbar stundenlang keinen Parkplatz gefunden, weswegen man jetzt erst anfängt mit dem Essen, aber keiner wollte so unhöflich sein, schon anzufangen, solange noch einer fehlt. Daher dürfte es länger dauern. Vielleicht Mitternacht oder länger. Bis dann.

Ich höre weg.

Nach dem Telefonat macht er die Augen zu, damit ich die drei Verlegenheitsfalten zwischen den Augenbrauen nicht sehe, die er bekommt, weil er Diderot und Besançon verrät.

Ich muß auch telefonieren. Sylvie hat bereits Nachricht von ihrer Tochter, um die ich mir keine Sorgen zu machen brauche, weder um ihre Vermögenslage, die infolge Räumung aller Konten sozusagen geregelt ist, noch vor allem um sie, nämlich: weiß ich ja, daß sie längst schon vorhatte, aus diesem Martigues endgültig abzuhauen, sie hing die ganze Zeit schlechtgelaunt in der Villa herum und zappte sich durch die Programme, weil man sich nicht vierundzwanzig Stunden am Tag die Haare waschen und die Fingernägel lackieren kann, aber irgendwie fiel ihr nichts ein, und zur Mutter wollte sie auch nicht zurück wegen der Wechseljahre, und schließlich hing sie immer noch herum, als Monsieur aus der Haft entlassen wurde. Und kaum war Barbagelata raus, fing ein Affentanz an, Presserummel: der ganze Ort voll mit Leuten und Kameras und Reportern, alles auf den Kopf gestellt, siebenmal umziehen am Tag, Barbagelata vor der Kommunalwahl, Sondersendungen, Nachrichten, Interviews und vor allem: Kameraleute.

Nun ja.

Eben Kameramänner. Genauer gesagt, ein Kameramann mit spezieller Begabung für Kameraführung, ansteckend, vermittels des ansteckenden Kameramannes plötzliches Erwachen eines Berufswunschs in Sylvies bislang ausbildungsscheuer Tochter: Kamera-Assistenz. Umzug nach Paris, alles innerhalb einer Woche (inklusive Räumung aller Konten; die Umrechnung in Gänsestopfleber, weil Gänsestopfleber das einzige ist, womit man sich kurz vor Weihnachten in Martigues gründlich verausgaben kann, ergibt, daß es so weit mit den Konten nicht hergewesen sein kann. Ich hätte Barbagelata nicht für so geizig gehalten). In Paris besitzt der Kameramann etwas, das er als Loft bezeichnet, um der Kleinen zu imponieren. Aber ein wenig anders verhält sich die Sache dann doch, da er nämlich des weiteren eine Familie besitzt, was Sylvies Tochter zuerst etwas stört, aber er bringt ihr schonend bei, daß erwachsene Männer häufig Ehefrauen haben, eigentlich so gut wie alle, ja, daß Männer ohne Ehefrauen, von einigen Ausnahmen abgesehen, die aber für sie nicht in Frage kommen, weltweit nicht zu finden sind. Gibt's gar nicht, sagt er, und daß Frauen, sobald sie einen Mann haben, zum Kinderkriegen neigen, et voilà, und schließlich versteht sie es und versteht gleich noch mit, daß dies ein scheußliches Unglück für einen Kameramann ist, ein ausgesprochenes Malheur, für das er Trost und Liebe einer künftigen Kamera-Assistentin als gerechten Ausgleich empfindet. Sie spendet tüchtig von beidem und kommt wieder im Bett nicht dahinter, daß da was dran sein könnte, was halbwegs die Sache lohnt, weil sie die meiste Zeit mit Spenden zu tun hat, und da der Kameramann nicht die geringste

Absicht hat, seinem Unglück ein Ende zu setzen, solange die Spenden fließen, genießt er seine Spendenbedürftigkeit, bis die Kleine es satt haben wird, das Rote Kreuz zu spielen. Sie bekommt auch gleich einen Platz an der Film-Hochschule, weil sie tatsächlich begabt ist und Barbagelata selbst gemerkt hat: man soll nicht so knauserig sein. Das spricht sich rum. Nach der Wahl, als Sieger, dankbar, daß sie von selber gegangen ist und schon im Wahlkampf nicht immer mit auf die Photos gewollt hat, die ihn dann kompromittiert hätten, weil eine jugendliche Geliebte im Wahlkampf kompromittiert, zieht er großzügig an einem der Nylonfäden in seinem unsichtbaren Netz, und schon hängen die Filmhochschule und ein Appartement mit amerikanischer Küche im dritten Arrondissement daran, und in Paris ist endlich was los, was Sylvies Tochter schon immer gern erleben wollte. Aber leider muß sie es allein erleben, weil der Kameramann natürlich nicht mit ihr durch Paris ziehen kann, ein immerhin ziemlich bekannter Mann, und dann sind sie im Konzert oder im Theater, und dann sieht sie jemand, und dann erzählt es jemand seiner Frau, und dann.

Schließlich gefällt es ihm in dem Appartement mit amerikanischer Küche, es erinnert ihn an seine Film-Hochschulzeit, das Essen holen sie von unten aus dem Restaurant, und wozu ausgehen, wenn dieses Restaurant so gute Linsen mit Salzfleisch macht, Linsen mit Salzfleisch. Linsen mit Salzfleisch.

Was bleibt Sylvies Tochter übrig: sie geht viel allein ins Kino, oft in die Cinémathèque, schaut sich um, schaut sich an, was sie sieht, das bringt ihr keine Filmhochschule bei, was sie sieht, aber die Technik kann sie dort lernen, wie sie das, was sie sieht, in die Kamera kriegt, sie wird eine hervorragende Kamerafrau und später nicht mehr wissen, warum. Gut so.

Ein Zug aus Norden knallt am Fenster vorbei, Viszman zuckt im Schlaf, kurz erscheinen die drei Falten über der Nase. In seinen Mantel gewickelt, schläft er jetzt wirklich tief, er tut nicht nur so, er schläft sein Gesicht glatt und sieht plötzlich jünger aus, als er ist.

Es ist etwas, was er fürchtet. Einschlafen. Ich schlafe nicht, sagt er, ich schlafe bestimmt nicht ein, die Zeit ist kostbar. Seine Zeit, die bis Mitternacht reicht, meine Zeit reicht etwas länger, aber doch auch nur bis morgen abend, weil ich endlich einmal an die Arbeit muß, während seine Zeit vielleicht bis morgen mittag reicht, aus seiner Zeit und meiner Zeit, die anfangen auseinanderzustreben, muß unsere Zeit zusammengebastelt werden mittels eines Reiseweckers aus Zeitz. Unsere Zeit ist noch kostbarer als seine Zeit und meine Zeit, bloß ist sie eben so wenig, daher ihre Kostbarkeit, je weniger sie wird, um so kostbarer ist sie. Die halbe Zeit geht herum mit den Abendnachrichten und dem Beteuern der Kostbarkeit unserer Zeit, die, so wenig ist sie, nicht mit Schlafen vertan werden darf, sondern nur mit Beteuern und Den-Wecker-Anstarren, Beteuern der Kostbarkeit, Beteuern der Lebensfreude, geteilter natürlich, vom Teilen wird jede Lebensfreude gleich doppelt so froh und kostbar. Ich schlage einen Spaziergang am Meer vor, um einmal aus diesem Zimmer herauszukommen, in dem sich die Vogelbeerentapete gleich auf mich stürzt, Viszman bekennt, nichts mehr als Meeresspaziergänge zu lieben, mich ausgenommen, da er mich mehr als alles liebt. Aus einer anfänglichen Verliebtheit ist auf der gesunden Basis geteilter und verdoppelter Büroklammern und Eselsohren und Kuhlen in Hotelbetten eine gewaltige Liebe geworden, die sich mit weiteren Büroklammern oder Vogelbeeren (bekanntlich giftig) allerdings allmählich nicht mehr zufriedengibt, sondern nach Nahrung schreit (Pizza zählt nicht). Also: Meeresspaziergang; danach die besagten Rochenflügel in Kapernsoße, zu denen es in Metz bedauerlicherweise immer nicht kommen will: die Zeit! Martigues, sage ich, Viszman antwortet etwas im Konjunktiv, aber begeistert, bei aller Begeisterung aber besonnen im Hinblick darauf, daß ich womöglich nicht arbeiten könnte, während ich in Martigues mit Viszman spazierengehe. Ich erspare Viszman den Hinweis, daß ich auch nicht arbeiten kann, wenn ich in Metz von einer Vogelbeerentapete in einer Hotelbettkuhle vergiftet oder erschlagen werde, dann ist es aus mit der Arbeit, aber seine Feinfühligkeit erfordert meinerseits Takt, auch er kann schließlich nicht arbeiten, während er in Martigues ist, unsere Arbeit ist uns nicht nur wichtig, sondern gegenseitig geradezu heilig, obwohl sie der Feind unserer Liebe zu werden beginnt: Viszman muß kurz nach Mitternacht zu seiner Arbeit zurück, die er allerhöchstens morgen mittag noch einmal kurz unterbrechen kann, bevor ich zum Zug muß – meiner Arbeit halber; die Erdölbohrungen draußen in der Dunkelheit vor einem Fenster mit ausgesprochen unfarbigen Gardinen sind ein handfester Indikativ. Viszman hat vor Müdigkeit und vor Arbeit, besonders vor Sorge um meine Arbeit, rote Augen, Martigues ist ein Konjunktiv, eine Liebe wird eine Weile von Büroklammern satt werden müssen, Viszman sieht verzagt aus und sagt, sei nicht verzagt, ich sage, sei du nicht verzagt. Wir sind nicht verzagt, weil wir ja diese Büroklammern haben, jede Menge Büroklammern, und als der Krach schließlich aufhört und der Autoverkehr nicht mehr durch unser Zimmer fährt, ist es fast still und gut, nur daß der Wecker jetzt furchtbar laut tickt, und im Nebenzimmer, in dem offenbar schon vor Jahren eine unbedachte Existenzgründung ohne ein ausreichendes Polster an Büroklammern stattgefunden hat, klingt es zur Strafe für Anarchie nach Suff und Krach und Elend. Wir sind still, und schließlich wird sich im Nebenzimmer versöhnt und geschlafen. Morgen früh wird die Frauenstimme mich wecken. Viszman sagt, die Zeit ist so kostbar, ich schlafe bestimmt nicht ein, schläft sofort ein und muß kurz vor zwölf auf die Augen geküßt werden.

Viszman, es ist Zeit.

Nein! So nicht!

Andererseits: Einen Menschen im Schlaf zu ermorden ist feige.

Ich hätte niemals in diesen Zug steigen dürfen.

Als er geht, ist er eilig, ein Kuß auf die Stirn, wir sehen uns morgen. Ich sehe vom Hotelfenster, wie er auf die Straße tritt, die Straße könnte für einen polnischen Ex-Trotzkisten voller Geheimdienste sein, Viszman kontrolliert mit zwei knappen Blicken, ob man ihn überwacht hat: links, rechts, Straße rauf, Straße runter.

Jetzt nicht traurig sein.

Jetzt ganz schnell an was anderes denken.

Ich könnte ihn in Nancy aussteigen lassen.

Mein Verleger morgen am Winterfeldtplatz sähe keinen Grund, warum er den Updike, den ich ihm nicht versprechen kann, nachdem Barbagelata gewählt ist und die Obdachlosen in Pappkartons stecken, mit weißem Whisky feiern sollte, das Gespräch würde betrüblich verlaufen, kein Strahlen in den Augen meinerseits, nach einer Weile hätte ich genug und würde nie erfahren, ob weißer Whisky nicht im Grunde so schmeckt wie der, den ich kenne.

Viszman ist aufgewacht und liest weiter. Einmal zieht er eine kleine grüne Büroklammer aus seiner rechten Jackentasche und steckt sie oben auf eine Seite.

Birgit Vanderbeke

Das Muschelessen

Erzählung

Band 13783

Die wenigen Stunden, die der Familienvater sich verspätet, und während derer die Frau und die beiden jugendlichen Kinder wartend am Abendessenstisch sitzen, genügen, um aus der sorgfältig ausbalancierten Kleinfamilie einen Haufen zersprengter Einzelteile zu machen. Die drei sitzen vor einem Berg Muscheln, die sich eklig schmatzend öffnen und die eigentlich niemand außer dem Vater gerne ißt, und sie beginnen in dieser unerwarteten Auszeit miteinander zu sprechen. Es entsteht so plötzlich wie überraschend ein Riß in der familiären Scheinidylle. Der Vater wird besichtigt und es bleibt nicht besonders viel übrig von diesem Mann und seiner fragwürdigen väterlichen Autorität. Birgit Vanderbeke läßt das Labor Familie in die Luft fliegen, sie zieht den Stöpsel, und durch eine kleine Veränderung in der Versuchsanordnung kommen der repressive Mief und der kleinbürgerliche Ehrgeiz, aber auch die versteckte Liebe zutage.

Fischer Taschenbuch Verlag

fi 770 / 9

Birgit Vanderbeke

Fehlende Teile

Erzählung

Band 13784

Lila trägt schwarzes Hexenhaar und ist von Beruf vielleicht Schauspielerin. Ansonsten ist sie schlampig, geht gern allein spazieren und hat einen Hang zum Luxuriösen. Sie liebt einen Mann, der zumindest manchmal so tut, als ob er blind wäre. Aber aus Angst, in Gleichgültigkeit zu verfallen, führen beide ein doppeltes »Liebeslügen«, spielen mit Identitäten und täuschen sich bewußt. Lila erfindet einen dänischen Liebhaber in Bremen, dessen Briefe sie gezielt unaufmerksam in der Wohnung verstreut. Ihr blinder Mann kann nun Verdacht schöpfen und sich in der bewußten Nichtbeachtung der Briefe üben. Ob Liebe, ob Eifersucht – alles bleibt Inszenierung und schöner Schein. Höchst kunstvoll, mit erhellender Komik und großem Sprachwitz arrangiert Birgit Vanderbeke ein literarisches Kammerspiel, das wunderbar leicht vorführt, unter welchen Bedingungen heute Beziehungen möglich oder unmöglich sind.

Fischer Taschenbuch Verlag

fi 769 / 6

Birgit Vanderbeke

Friedliche Zeiten

Erzählung

Band 13786

Deutschland in den 60er Jahren. Der Krieg ist lange vorbei und trotzdem noch überall. Für drei Ostkinder im Westen ist er ein unheimliches Gerücht. Der Vater mochte am Osten, daß sie es mit dem Sozialismus versucht hatten, die Mutter am Westen, daß sie es war, die jetzt die Schlüssel verschwinden lassen konnte. Ob sie sich aber endlich scheiden lassen, ist noch die Frage. Die Mutter hat immer Angst. Besonders, daß der Vater abhauen könnte. Manchmal geht er abends weg. Dann will die Mutter sterben. Keine Angst, Kinder, sagt sie, ich nehme euch mit. Wenn die Kinder im Bett liegen, denken sie nach, wie sich das verhindern ließe. Das und der dritte Weltkrieg. Doch dann gibt es eine Aufregung, »von der Art, die im Dunkeln anfängt und im Hellen nicht wieder aufhört«. Birgit Vanderbeke sprengt die Gesellschaft der sechziger Jahre auf und legt die Trümmer frei, auf denen die Rohbauten unserer heutigen deutschen Wirklichkeit ruhen. Eine erstaunliche, zum Erschrecken komische und temporeiche Geschichte über deutsche Kindheit.

Fischer Taschenbuch Verlag

fi 757 / 7

Birgit Vanderbeke

Gut genug

Roman

Band 13785

Plötzlich ist sie schwanger. Da sie eigentlich kein Kind wollte, weiß Frau Ragotsky auch nicht, wie es nun eigentlich geht, das Kinderkriegen. Und sogleich fällt die Maschinerie der Geburtsvorbereitungen über sie her: Strampelanzüge, Vorsorgeuntersuchungen und Atemübungen. Doch als Anatol Floh geboren wird, weiß sie wiederum nicht, wie es nun eigentlich geht, das Kinderhaben. Der Arzt führt eigenartige Untersuchungen durch und Anatol Floh schreit, bis er rot wird. Was ist also zu tun? Sie wollte es gut machen. Zumindest: gut genug. Doch keiner weiß bescheid. Die Erzählerin wirft einen herrlich unverkrampften Blick auf die Welt aus Pampers und Penatencreme. Im lockeren, ungemein amüsanten Plauderton macht Frau Ragotsky klar, was Kinderkriegen auch heute noch bedeutet: eine Katastrophe, auf die niemand wirklich vorbereitet ist.

Fischer Taschenbuch Verlag

fi 1045 / 6